Sam Kapstein
Das Experiment
Wer bist du wirklich?

AF191581

Sam Kapstein

Das Experiment

Psychothriller

Bibliografische Information der Deutschen Nationalbibliothek: Die Deutsche Nationalbibliothek verzeichnet diese Publikation in der Deutschen Nationalbibliografie; detaillierte bibliografische Daten sind im Internet über http://dnb.dnb.de abrufbar.

Lektorat, Korrektorat: Kira Aigner

Verlag: BoD · Books on Demand GmbH, In de Tarpen 42, 22848 Norderstedt, bod@bod.de

Druck: Libri Plureos GmbH, Friedensallee 273, 22763 Hamburg

ISBN: 978-3-7693-2245-3

Inhaltsverzeichnis

Kapitel Eins

Im Flur des altehrwürdigen Colleges herrschte reges Treiben. Studenten eilten zwischen den Vorlesungen hin und her, hasteten von einer Tür zur nächsten. Die Wände waren mit Flyern und Postern übersät, die von verschiedenen Veranstaltungen, Partys und Vorträgen kündeten. Doch kaum vergingen ein paar Minuten, lag der Gang plötzlich menschenleer da. Das aufgeregte Gemurmel verstummte, und die Luft wurde schwer und drückend. Am Ende des Flurs schob ein Hausmeister gemächlich seinen Putzwagen vor sich her, seine Schritte widerhallten dumpf in der Stille. Doch auch er verschwand bald hinter einer Tür, die mit einem einfachen Schild markiert war: GESCHLOSSEN.

Im Besprechungsraum war völlige Ruhe. Ein großer Tisch stand in der Mitte, über und über mit Fotos bedeckt, die grausige Szenen zeigten – verstümmelte Körper, blutige Einzelteile, gequälte Gesichter. Die Bilder waren erschütternd, und die Stimmung im Raum spiegelte den Anblick wider. Drei Männer standen mit angespannten Mienen um den Tisch herum. Ihr Schweigen und die düstere

Atmosphäre hingen wie ein unheilvoller Schatten über dem Raum.

Professor Dr. Ernst Solberg, ein Mann Anfang fünfzig, mit hagerem Gesicht und unruhig flackernden Augen, betrachtete das Grauen vor sich. Seine ungepflegten, grauen Bartstoppeln und das verknitterte Hemd verrieten, dass er in den letzten Tagen kaum Schlaf gefunden hatte. Sein Blick war durchdringend, zielgerichtet, unnachgiebig – der Ausdruck eines Mannes, der bereit war, jedes Opfer zu bringen, um Antworten zu finden.

»Ich muss es tun«, sagte Solberg schließlich und seine Stimme war entschlossen, ruhig, dabei jedoch messerscharf.

Der erste Mann schüttelte den Kopf, seine Faust ballte sich unwillkürlich. »Verdammt. Das geht nicht.«

»Ich muss!«, wiederholte er und schob eines der Fotos über den Tisch. Auf dem Bild war das bleiche Gesicht einer jungen Frau zu sehen, entstellt und blutverschmiert. Nur die langen, verfilzten Haare ließen noch erahnen, dass sie einmal lebendig gewesen war.

»Schauen Sie hin«, verlangte Solberg mit drängendem Ton. »Schauen Sie ganz genau hin!«

Sein Blick bohrte sich förmlich in den Mann gegenüber, als wolle er ihn zwingen, das ganze Grauen zu begreifen. Der Raum schien von einer unheimlichen Kälte erfüllt, als ob die Erinnerungen an das, was geschehen war, noch in den Wänden nachhallten.

»Sie haben doch selbst eine Tochter in dem Alter«, fügte Professor Solberg nachdenklich hinzu, und eine tiefe, beklemmende Ruhe legte sich über den Raum.

Einen Moment lang herrschte Stille, während die anderen beiden Männer das Bild betrachteten. Ein Zittern lief über die Hand des ersten Mannes, der das Bild schließlich zur Seite schob und schwer atmete. »Wie kann jemand zu so etwas bloß fähig sein?«

Schließlich ergriff der andere Mann das Wort. »Wenn etwas schief geht, tragen Sie die volle Verantwortung.«

In dem Moment durchbrach ein Geräusch die Stille – leise, kaum hörbar, aber eindringlich genug, dass die Männer ihre Blicke schlagartig zur Tür wandten. Solberg zögerte keine Sekunde, bewegte sich mit einem Mal, riss die Tür auf und blickte hinaus in den Korridor.

Doch nichts. Nur der leere, endlose Flur der renommierten medizinischen Fakultät, der sich still vor ihm erstreckte. In der Ferne zeichnete sich ein schmales Krankenhausbett ab, das einsam an der Wand stand. Sein Blick wanderte zu dem Laken, das sich kaum merklich hob und senkte. Solberg blinzelte, als ein flüchtiger Gedanke ihn durchzuckte – atmete dort jemand oder war es nur ein Luftzug?

Er wandte sich ab, schloss die Tür wieder und kehrte mit einem nachdenklichen Ausdruck im Gesicht zurück in den Besprechungsraum.

»Niemand da. Wir sind hier definitiv die Einzigen, die davon wissen«, sagte er leise, doch ein Hauch von Zweifel lag in seinen Worten. Er ließ seinen Blick über die Bilder auf dem Tisch gleiten, den Ausdruck von Entsetzen und Entschlossenheit zugleich in den Augen.

»Bis auf denjenigen, der das getan hat«, fügte er hinzu, die Worte fast flüsternd, als wollte er das Unaussprechliche nicht aussprechen.

Dann zog er seinen weißen Laborkittel über, der wie ein unschuldiger Schutzschild gegen das Dunkel wirkte, das ihn umgab. Mit ruhiger, bedächtiger Bewegung griff er nacheinander die grausamen Fotos und führte sie einem Schredder zu. Die Papierstreifen, die sich daraus ergaben, waren blutige Fragmente des Unfassbaren.

Als das letzte Foto verschwand, begann das leise, mechanische Geräusch des Schredders, zu verstummen, und das Licht flackerte leicht. Doch es war noch etwas in der Luft – ein Versprechen, ein düsteres Echo. Solberg starrte auf die letzten Streifen, die den Abgrund darstellten, dem er nun näherkam, und im flackernden Licht formten sie ein beunruhigendes Muster.

Kapitel Zwei

Im fast leeren Hörsaal lehnte Ryan sich lässig zurück, die Beine auf dem Tisch. Sein Blick streifte gelangweilt die spärliche Zuhörerschaft, die sich in den hinteren Reihen verstreut hatte. Mit seinen dunkelblonden Haaren, dem ärmellosen T-Shirt und dem durchtrainierten Körper zog er neugierige Blicke auf sich, doch genau das schien ihn nicht zu stören. Er drehte seinen Kugelschreiber in den Fingern, warf ihn in die Luft und fing ihn wieder auf, als wäre das hier nur ein weiterer öder Zeitvertreib.

Schräg hinter ihm saß Katie. Eine klassische Schönheit mit einer kühlen Ausstrahlung, die genau wusste, welche Wirkung sie auf die Menschen um sich herum hatte. Sie trug eine graue Stoffhose und ein weißes Tank-Top mit Netzärmeln, dazu eine überdimensionale, schwach getönte Sonnenbrille. Durch die Gläser konnte man bereits genug erkennen, um ihren Blick als berechnend und spöttisch einzuschätzen.

Ryan schnaubte leise. »Man, ist das eine Scheiße hier.«

Katie hob den Kopf, ohne wirklich interessiert zu wirken.

Er beugte sich ein wenig zu ihr hinüber. »Was hat wohl so ein süßes Blondinchen wie du ausgefressen, dass sie dich von der Uni schmeißen wollen?« Ein selbstgefälliges Grinsen erschien auf seinem Gesicht.

Katie reagierte, ohne sich aus der Ruhe bringen zu lassen. »Du wirst es aber nie erfahren.«

Ryan ließ nicht locker. »Ich wette, es hat was mit Männern zu tun.«

Katie zog nur eine Augenbraue hoch und lächelte schmallippig. »Dann wette mal schön.«

»Oder mit Frauen. Irgendwas mit Sex auf jeden Fall. So heiß wie du bist.«

Katie ließ seinen Blick über sich hinwegschweifen und antwortete knapp: »Träum weiter.«

Ryan öffnete den Mund für einen weiteren Spruch, doch da richtete sich jemand in der hinteren Reihe auf. Jay, ein ruhiger Typ mit dunkel gestylten Haaren und einer beigen Hose, wirkte eher wie ein pflichtbewusster Student. Freunde hätten ihn als jungen Anthony Perkins beschrieben, mit einer Art gepflegter Unscheinbarkeit, die ihn irgendwie unberechenbar wirken ließ.

»Kapierst du es nicht? Sie hat keinen Bock auf dich«, sagte Jay ruhig, aber mit einem spöttischen Unterton in der Stimme.

Ryan drehte sich um und musterte ihn herausfordernd. »Wer hat dich denn gefragt?«

Katie verdrehte die Augen. »Ach, wie niedlich. Männer, die ihr Revier abstecken. Was kommt als

Nächstes? Prügelt ihr euch? Oder bringt ihr euch gleich gegenseitig um?«

Ryan schnaubte abfällig und lehnte sich zurück. Er warf den Kugelschreiber wieder in die Luft, fing ihn und ließ seinen Blick durch den Raum schweifen. Sein Ziel fand er in einem unscheinbaren Nerd, der leise am Rand des Raumes saß, ein kariertes Hemd trug und mit zarten, fast kindlichen Gesichtszügen geduldig an seinem Tablet-PC tippte.

In einem plötzlichen Impuls zielte Ryan mit dem Kugelschreiber und warf ihn gegen den Kopf des Nerds. »Ich habe genau gesehen, dass du gegrinst hast. Du verdammter Nerd.«

Der Nerd reagierte kaum. Sein Blick blieb auf das Tablet gerichtet, die Finger bewegten sich weiter über den Bildschirm.

Jay grinste zu Ryan hinüber. »Von Frauen verstehst du nichts, aber immerhin kannst du gut werfen. Ich bin übrigens Jay.«

Ryan nickte anerkennend. »Freut mich. Ryan. Ghettofaust, du Asi.«

Sie gaben sich die Ghettofaust, und hinter ihnen beobachtete Cass die Szene schweigend. Ihre schulterlangen, leicht gewellten braunen Haare ließen sie im Gegensatz zu Katie zurückhaltend und sanft wirken, eine Art Schönheit, die man nicht sofort wahrnahm, aber doch fesselte.

Cass fummelte nervös in ihrer Tasche, brachte ein kleines Blister-Päckchen zum Vorschein und fingerte verstohlen zwei Tabletten heraus. Schnell steckte sie sie in den Mund und schluckte sie trocken. Als sie den Kopf hob, bemerkte sie, dass Katie sie dabei beobachtet hatte.

Katie setzte sich neben sie und reichte ihr ohne ein Wort eine Cola-Dose. Dankbar nahm Cass einen Schluck.

»Kopfschmerzen?«, fragte Katie mit einem Hauch von Mitgefühl in ihrer Stimme.

Cass schüttelte den Kopf. »Nein. Das ist was für die Nerven. Rein pflanzlich. Ich bin in letzter Zeit immer so nervös.«

Katie nickte verständnisvoll. »Ja, irgendwie gut verständlich. Schließlich stehen wir auf der Abschussliste der Uni.«

Cass seufzte. »Ich habe keine Ahnung, wie ich das alles meinen Eltern erklären soll.«

Katie betrachtete sie einen Moment lang, dann sagte sie leise: »Jetzt warten wir erstmal ab.«

Ein kühler Luftzug streifte plötzlich durch den Raum, und Cass schaute zur Tür. Durch das kleine Sichtfenster sah sie einen Schatten draußen vorbeihuschen – oder war es vielleicht wieder nur der Wind?

Der Hörsaal lag bereits im herbstlichen Halbdunkel, nur zwei der sechs großen Leuchtröhren an der Decke waren eingeschaltet, als Professor Solberg wenig später eintrat. Niemand nahm ihn wahr. Einige Studenten hingen halb schlafend in den Stühlen, während der Nerd vorne weiterhin konzentriert auf seinem Tablet tippte. Der Raum war von einer seltsamen Stille erfüllt, die von einer latenten

Anspannung durchdrungen schien. Die Luft wirkte dick und schwer, als ob sich jede Emotion, jede Erwartung hier verdichtet hätte.

Solberg blieb einen Moment stehen und ließ seinen Blick prüfend über jeden einzelnen im Raum gleiten. Seine Miene verriet keine Regung, aber seine Augen wirkten scharf und forschend, als ob er in die Gedanken der Anwesenden blicken könnte. Ruhig ging er zu dem Kugelschreiber, der achtlos auf dem Boden lag, hob ihn auf und legte ihn langsam und bedächtig auf Ryans Pult. Dann drehte er sich zu der Gruppe und klatschte mit einem lauten Knall in die Hände.

Das Echo hallte durch den Raum. Die Studenten zuckten zusammen. Cass, die mit leicht geschlossenen Augen dagesessen hatte, riss erschrocken die Lider auf. Selbst der Nerd hielt in seiner Tipperei inne und wagte einen nervösen Blick zur Seite.

»Sorry, meine Herrschaften«, sagte Solberg mit einer sanft spöttischen Stimme, die die Spannung nur noch verstärkte. »Die Besprechung über Sie hat leider etwas länger gedauert.«

Ein kaltes Lächeln zuckte um seine Lippen, als er die Gruppe weiter fixierte. Niemand sagte etwas, aber man konnte die Blicke der Studenten förmlich spüren, die unruhig zwischen dem Professor und ihren Sitznachbarn hin und her wanderten.

»Die meisten von Ihnen kennen mich noch nicht«, fuhr er fort und stellte sich in die Mitte des Raumes. »Ich bin erst seit Kurzem hier. Professor für kognitive Neurowissenschaften.«

Ryan, der halb zurückgelehnt auf seinem Stuhl saß und dem Professor mit einem gelangweilten Ausdruck in die Augen glotzte, schnaubte leise. »Schön für Sie. Erwarten Sie Applaus?« Er grinste spöttisch. »Also, raus mit der Sprache. Wie sieht unsere Strafe aus? Fliegen wir?«

Solberg ließ sich durch Ryans Provokation nicht beirren. Er sah ihm ruhig ins Gesicht, als ob er genau wüsste, wie Ryan sich selbst überschätzte. »Sie wissen ja alle, warum Sie hier sind, während der Rest bereits Ferien hat und wohlverdienten Urlaub genießt.«

Ryan verdrehte die Augen. »Ehrlich gesagt, nein. Ich weiß zwar, was ich gemacht habe, aber was ist mit dem Knallkopf da vorne?« Er schnappte sich wieder den Kugelschreiber und warf ihn mit einem gezielten Schwung in Richtung des Nerds. Diesmal verfehlte er ihn, und der Stift prallte klappernd gegen die Stuhllehne. »Seit wann kann man denn fürs Arschkriechen und Einschleimen von der Uni fliegen?«

Der Professor seufzte leise und richtete seinen durchdringenden Blick auf Ryan. »Das ist jetzt schon das zweite Mal, dass Sie zu mir sprechen. Sie sind wohl ein ganz Vorwitziger. Name?«

Ryan richtete sich ein wenig auf und grinste selbstzufrieden. »Ryan. Ryan Watson.«

Solberg nickte leicht, ohne die Miene zu verziehen. »Und Sie sind hier der Chef der Gruppe?«

Ryan blickte sich kurz um und zuckte dann mit den Schultern. »Ich kenne die meisten zwar nicht wirklich. Aber ich denke, das kann man so sagen.«

Einige der anderen Studenten schwiegen und beobachteten die Interaktion zwischen Ryan und dem Professor mit einer Mischung aus Neugier und Anspannung. Irgendetwas in der Art, wie Solberg auf jede Bewegung achtete, machte sie nervös. Es war, als ob er jeden Gedanken, jede versteckte Emotion aufsaugte, bereit, diese gegen sie zu verwenden.

Professor Solberg brach das Schweigen mit einer ruhigen, fast beiläufigen Stimme, die jedoch keine Zweifel an der Ernsthaftigkeit seiner Worte ließ. »Die Lage ist sehr ernst, meine Damen und Herren. Ihr Glück ist, dass ich gerade Freiwillige für ein Projekt suche.«

Er machte eine kurze Pause, und das kalte Lächeln kehrte zurück. Die Gruppe starrte ihn mit wachsender Beklommenheit an.

»Der Deal ist also ganz einfach: Sie machen hier mit oder Sie fliegen alle von der Uni.«

Ein nervöser Blickaustausch ging durch die Reihen der Studenten. Cass spürte, wie ihr Herzschlag sich beschleunigte, und unwillkürlich griff sie nach ihrer Tasche, suchte nach den beruhigenden Tabletten, die ihr in solchen Momenten halfen. Solberg ließ die Worte wirken, während er sie alle weiterhin mit diesem stechenden Blick fixierte.

Kapitel Drei

Der Hörsaal war in dunkles Zwielicht getaucht, während die Gruppe gebannt auf die Leinwand starrte. Im flackernden Licht des Beamers leuchteten die Worte WER BIST DU in großen, bedrohlichen Lettern. Die Anwesenden saßen wie erstarrt, manche mit versteinerter Miene, andere mit einer seltsamen Faszination in den Augen. Der Professor stand regungslos daneben, seine Gestalt wirkte fast wie ein Schatten, der sich in die Dunkelheit des Raumes fügte.

Seine Stimme schnitt wie ein scharfes Messer durch die Stille: »Jeder Mensch hat viele Seiten und Emotionen.«

Auf der Leinwand erschienen plötzlich Gesichter in einem unheimlichen Stakkato. Lächelnde, glückliche Gesichter, denen Freude aus den Augen sprach. Dann blutleere Mienen, gezeichnet von Angst und Hass. Trauer. Gleichgültigkeit. Verzweiflung. Jedes Gesicht ein Abgrund, ein Fragment der menschlichen Seele.

»Unser Gehirn ruft diese Zustände automatisch ab – je nach Situation«, erklärte Solberg sachlich. »Dagegen kann man sich nicht wehren, so sehr man das auch versucht.«

Dann setzte eine rasende Bildfolge ein. Aufeinanderprallende Szenen, fast schon surreal in ihrer Intensität. Ein Sprung vor Freude. Eine Nadel, die sich in einen Arm bohrt. Eine starre Maske. Ein Sportwagen, dann ein Autounfall, ein blutiges Messer. Ein Liebespaar, eng umschlungen, daneben eine Schwangere. Ein entstelltes Kind. Ein friedlich wirkender Friedhof, dann wieder ein brennender Mensch. Die Bildsprache eskalierte, die Augen der Zuschauer weiteten sich unwillkürlich. Selbst Ryan und Jay, die bislang jede Anweisung des Professors mit offenem Spott quittiert hatten, schienen jetzt an der Kante ihrer Sitze zu kleben. Cass presste die Lippen zusammen und starrte auf ihre verschränkten Hände, ihre Fingerknöchel waren weiß vor Anspannung.

»Willensfreiheit über unsere Persönlichkeit haben wir nicht«, fuhr Solberg fort. »Wir entscheiden nicht wirklich. Stattdessen regieren unbewusste Verhaltensmuster, geprägt durch unsere Erfahrungen und unsere Gene.« Er sprach mit einer Ruhe, die das Chaos auf der Leinwand noch unheimlicher wirken ließ.

Dann trat Solberg in die Mitte des Raumes. Die projizierten Bilder überlagerten sein Gesicht, er wirkte wie eine lebende Leinwand, ein Mensch, der gleichzeitig von unzähligen anderen Identitäten durchzogen wurde. Ein bohrender Blick aus einem Gesicht, das im Dunkel der Projektion fast gespenstisch erschien.

»Wir wissen gar nicht, wer wir wirklich sind«, sagte er in leisem, fast flüsterndem Ton, als ob er diese Worte nur für sich selbst aussprach. »Und wozu wir alles fähig sind.«

Die Gruppe saß still. Nur das Rauschen des Beamers war zu hören, ein beunruhigendes Summen, das die Stille zerschnitt. Solberg trat wieder zur Seite und fuhr fort, lauter diesmal: »Deshalb ist jeder Einzelne von Ihnen heute hier. Sie haben die Ehre, mit mir Ihr wahres Ich zu entdecken.« Seine Augen glänzten nun mit einem beunruhigenden Feuer, während er die Gruppe fixierte. »Mit meinem Experiment wird das möglich. Ihr alle gehört zu einem ganz erlesenen Kreis.«

In der Gruppe herrschte Schweigen. Ein paar der Studenten wechselten unruhig die Sitzposition, einige mieden den Blick des Professors. Doch Cass saß still und beobachtete ihn mit skeptischen Augen. Die Spannung in ihren Schultern verriet, dass sie sich der Tragweite seiner Worte sehr wohl bewusst war.

»Ich will Ihnen nichts vormachen«, setzte der Professor an. »Um das Ziel zu erreichen, muss jeder von Ihnen an seine Grenzen gehen. Der eine oder andere vielleicht sogar darüber hinaus.« Er ließ diese Worte im Raum hängen, sah, wie die Wirkung bei jedem Einzelnen einsickerte. »Aber am Ende – und ich brauche dafür nur drei Tage – werden wir die Antwort auf die Frage aller Fragen gefunden haben.«

Die Leinwand wechselte, und plötzlich prangten die Worte ICH BIN ... in fetten, beunruhigenden Lettern vor ihnen.

Ein weiteres Schweigen. Solberg ließ es absichtlich andauern, sein Blick wanderte von einem Studenten zum nächsten. Die Gesichter waren unterschiedlich, von gespielter Langeweile bis hin zu Unbehagen, aber niemand wagte etwas zu sagen.

Mit einem kleinen Lächeln, das die Ernsthaftigkeit seiner Ankündigung kaum milderte, sprach er weiter: »Ist das jetzt die Emotion der Gleichgültigkeit? Oder war das zu schwer zu verstehen? Nicht so wichtig. Hauptsache, Sie machen mit.«

Dann knipste er plötzlich das grelle Licht an. Der Wechsel war wie ein Schock, und Ryan fuhr ruckartig aus seinem Sitz hoch, streckte sich und gähnte, als ob er gerade aus einem tiefen Schlaf erwacht wäre.

»Habe ich irgendwas verpasst?«, fragte er leise und schaute zu Jay, der neben ihm saß.

Jay zuckte mit den Schultern, ein schiefes Lächeln auf den Lippen. »Nein. Der Typ hält seit Stunden einen Monolog und ist immer noch nicht fertig. Mein wahres Ich sagt: Wir sollten Dope mitnehmen, falls das so langweilig weitergeht.«

Plötzlich schnippste der Nerd, der die ganze Zeit über in der vorderen Reihe gesessen und alles mit angespanntem Schweigen verfolgt hatte, hektisch mit den Fingern. Professor Solberg blickte ihn überrascht an und hob eine Augenbraue.

»Ja, bitte?«, fragte er, mit einer Mischung aus Neugier und Belustigung.

Doch bevor der Nerd etwas sagen konnte, flog ihm mit einem dumpfen Knall wieder der Kugelschreiber an den Kopf, dieses Mal geworfen von Jay.

»Egal, was du sagen willst, halt besser die Klappe!«, sagte Jay mit einem Grinsen.

Der Nerd senkte den Kopf und zog sich in sich zurück, während Solberg die Szene interessiert beobachtete, als ob er die Dynamik der Gruppe in sich aufsog und jedes Wort, jede Bewegung für seine Zwecke notierte.

Professor Solberg öffnete die schweren, dunkelgrünen Vorhänge, ließ seinen Blick nachdenklich über den Campus schweifen und nickte schließlich zufrieden, als hätte er eine Entscheidung bestätigt. »Ein paar Worte vorab zum Projekt«, begann er in seinem ruhigen, kontrollierten Tonfall. »Das meiste werde ich euch vor Ort erklären. Es gibt nur drei Regeln.«

Er hielt kurz inne und ließ die Stille wirken, bevor er weitersprach.

»Regel Nummer eins: Es gibt keinen Kontakt zur Außenwelt. Kein Handy, kein Notebook, gar nichts. Der einzige Kontakt bin ich – über den Kontaktraum.«

Katie versuchte, ihr Smartphone unauffällig in ihren linken Chuck zu schieben, aber Solberg bemerkte es sofort.

»Probieren Sie es gar nicht erst. Wir werden euch sowieso alle vorher durchsuchen.«

Genervt legte Katie ihr Smartphone mit einem lauten Klacken auf den Tisch, was ein leichtes Schmunzeln bei den anderen hervorrief.

Professor Solberg ließ sich nicht beirren und fuhr fort: »Regel Nummer zwei: Allen Anweisungen ist sofort und ohne Zögern zu folgen. Ganz egal, was das ist und wie falsch oder unlogisch es euch vorkommen mag.« Sein Blick wanderte unnachgiebig zu Ryan. »Und Regel Nummer drei: Ihr schlaft alle in eurem eigenen Raum. Und zwar allein.«

Ryan lehnte sich zu Jay hinüber und flüsterte grinsend: »Das werden wir ja noch sehen.« Ein Zwinkern begleitete seine Worte, doch Solberg schenkte ihm keine Beachtung.

»Neben euren Zimmern wird es noch weitere Räume geben. Den Kontaktraum habe ich ja bereits erwähnt. Außerdem wird es einen Gemeinschaftsraum geben, sowie Dusche und WC. Innerhalb dieser Zone könnt ihr euch frei bewegen. Ach, und dann gibt es noch einen ganz besonderen Raum«, setzte Solberg geheimnisvoll hinzu. »Aber diesen werdet ihr erst finden und betreten können, wenn ihr wirklich so weit seid.«

Ryan tat übertrieben erschrocken und hob die Hände in gespielter Angst. »Uiiih. Schockschwerenot, wie mysteriös.«

Solberg ließ diesen Zwischenruf unbeachtet und blieb unbeirrt bei seiner Ansprache. »Eure genaue

Aufgabe sage ich euch später. Habt ihr das bis hierhin verstanden?«

Die meisten nickten zustimmend, doch Cass schien zögerlich. Professor Solberg fixierte sie eindringlich.

»Was ist mit Ihnen? Brauchen Sie eine Sonderaufforderung?«

Cass sah ihn nur kurz an und erwiderte dann leise: »Ich mache da nicht mit. Mir gefällt das alles nicht. Irgendwie habe ich dabei ein ganz komisches Gefühl.«

Ihre Finger spielten nervös mit einer kleinen weißen Tablette, die sie zwischen Daumen und Zeigefinger rollte. Ohne den Blick zu heben, murmelte sie: »Ich habe keine Lust, mit Fremden meine Tage zu verbringen. Und die Nächte erst recht nicht. Ich meine, ich kenne die Leute ja gar nicht richtig.«

Schließlich hob sie den Kopf und sah den Professor direkt an. »Was passiert denn, wenn ich nicht mitmachen möchte?«

Solberg hob lässig die Schultern und antwortete kalt: »Ganz einfach. Dann findet das Projekt jetzt nicht statt. Entweder alle oder niemand.«

Cass öffnete den Mund, um etwas zu sagen, aber Solberg ließ sie nicht zu Wort kommen.

»Und das bedeutet, ihr fliegt alle von der Uni.«

Ein vernehmliches Stöhnen ging durch den Raum, und Ryan und Katie sahen Cass verzweifelt an.

»Komm schon, das kannst du doch nicht machen«, protestierte Ryan leise.

Katie stimmte mit eindringlicher Stimme zu: »Das ist unsere einzige Chance.«

Ryan lehnte sich näher zu Cass und versprach mit einem Hauch von Fürsorge: »Ich passe auch auf dich auf. Du wirst sehen, die Zeit geht rum wie im Fluge.«

Katie fügte hinzu: »Gib dir einen Ruck.«

Cass zögerte, der Druck der Gruppe nagte an ihr, bis sie schließlich widerwillig nachgab. »Na gut. Ich will ja keine Spielverderberin sein.«

Ryan streckte triumphierend die Fäuste in die Luft. »Yes. Super.«

Cass seufzte und murmelte leise, mehr zu sich selbst: »Und drei Tage wird man ja überleben …«

Als sie aufsah, begegnete ihr Jays Blick – ein intensiver, merkwürdiger Ausdruck zwischen Flirt und etwas Dunklerem, beinahe wie unterschwellige Feindseligkeit. Der Moment dauerte nur eine Sekunde, doch er ließ sie frösteln. Sie nahm schnell noch eine ihrer Pillen ein und bemerkte, dass der Professor dies aufmerksam beobachtete. Cass hielt seinem Blick stand, ihre Augen flackerten schuldbewusst, aber Solberg sagte kein Wort.

Schwere Schritte hallten durch den Flur – der Boden reflektierte matt das glänzende Leder der Schuhe, die sich zielstrebig auf das Klassenzimmer zubewegten. Die dunklen, präzise gebügelten Hosen und die Hände in engen, schwarzen Lederhandschuhen ließen keinen Zweifel: Wer auch immer das war, schien seine Rolle ernst zu nehmen.

Drinnen im Hörsaal hantierte Professor Solberg eifrig mit einem dicken Stapel Akten, die er sorgfältig aus seiner Aktentasche zog und vor sich auf dem Pult ordnete. Katie, die ihm gelangweilt zusah, ließ ihrer Ungeduld freien Lauf.

»Und wann geht die ganze Show los?«, fragte sie genervt.

Solberg hob den Kopf und sah sie über den Rand seiner Brille an. »Jetzt sofort.«

Katie verschränkte die Arme und zog skeptisch eine Augenbraue hoch. »Das ist nicht Ihr Ernst? Ich bin nicht mal richtig rasiert.«

Ein Pfiff von Ryan ertönte aus der zweiten Reihe. »Ich nehme dich auch so.«

Katie quittierte den Spruch mit einem ausgestreckten Mittelfinger, doch ein leises Schmunzeln huschte über ihr Gesicht. Solberg räusperte sich und nickte bekräftigend.

»Es muss sein. Alles ist vorbereitet«, erklärte er mit eindringlicher Stimme. »Und bevor noch weitere Fragen aufkommen: Keine Sorge. Zahnbürsten, Wechselunterwäsche und andere Dinge des täglichen Bedarfs findet ihr in euren Zimmern.«

Ryan ließ sich nicht beirren. »Auch Kondome?«

Solberg ignorierte ihn und kritzelte etwas auf ein Blatt Papier. Katie lachte und lehnte sich zu ihm herüber. »Ich wette, er notiert gerade deine Größe: XS – sieben Zentimeter. Im ausgefahrenen Zustand.«

Katie gluckste leise, und sogar Cass konnte ein Schmunzeln nicht verbergen. Ryan schnaubte und erwiderte: »Ha. Sehr witzig. Es kommt auf die Technik an. Und das heißt nicht, dass ich einen Kleinen habe.«

Solberg, der genug von dem Geplänkel hatte, nickte in Richtung des Fensters. »Werft doch mal einen Blick nach draußen ...«

Ryan sprang auf und lief zum Fenster, während die anderen sitzen blieben. Er stieß ein leises, ehrfürchtiges Keuchen aus. »Geil, Alter. Was für eine Karre!«

Professor Solberg machte eine kleine Notiz neben Ryans Namen, zeichnete eine gestrichelte Linie zu Katies Namen und setzte ein Fragezeichen daneben. Während er in Gedanken versunken an seiner Strichliste arbeitete, fiel plötzlich ein Schatten in die Tür.

Ein einziges Auge erschien in der Türöffnung und blickte forschend in den Raum.

Draußen im Flur klopfte eine behandschuhte Hand gegen die Tür. Solberg verdrehte die Augen und zischte genervt: »Verdammt. Ich habe doch gesagt, ich rufe Sie erst, wenn ich Sie brauche!«

Ein frustriertes Seufzen folgte, und die Gestalt hinter der Tür setzte sich langsam auf den Stuhl neben der Tür und wippte nervös mit dem Fuß.

Solberg sammelte sich rasch wieder und wandte sich an seine Gruppe. »Bitte entschuldigt die Störung. Mein Assistent. Er wird euch gleich an den richtigen Ort bringen.«

Mit diesen Worten stellte er einen großen Karton vor sich auf den Tisch. »Doch vorher bitte ich euch

– beim Rausgehen – sämtliche persönlichen Gegenstände abzugeben.«

Handys, Schlüssel, iPads und Uhren flogen nacheinander in die Kiste, sogar eine kleine Tüte Dope und ein paar flauschige Plüschhandschellen. Ryan starrte Katie überrascht an, als sie Letztere in den Karton legte.

Sie zwinkerte ihm zu. »Man weiß ja nie, wem man spontan so begegnet.«

Jay, der das Geschehen von hinten beobachtete, rief spöttisch: »Nicht rasiert, aber Plüschhandschellen. Du musst an deinem Timing arbeiten.«

Solberg hatte genug gehört. »Sie kommen jetzt raus!«, rief er nach draußen und ließ die Gruppe auf den Flur treten.

Dort wartete der Assistent und wies sie an, sich mit ausgestreckten Armen an die Wand zu stellen. »Er wird euch nochmal durchsuchen«, informierte der Professor knapp. Die Gruppe folgte der Anweisung, stellte sich an die Wand, Beine auseinander, Arme abgestützt.

Katie runzelte die Stirn. »Ist ja wie eine Flughafenkontrolle hier.«

Ryan grinste und meinte leise zu ihr: »Ja, wie vor 9/11 vielleicht. Der Typ findet doch eh nichts.«

Als hätte der Assistent das gehört, griff er ihm ohne Vorwarnung grob in den Schritt, und Ryan quiekte erschrocken auf. »Hey, was soll das!«

Die Durchsuchung ging zügig weiter, und schließlich kam er zu Jay, bei dem er kurz stockte. Mit geübter Bewegung zog der Assistent ein

Springmesser aus Jays Hosenbein hervor. Der Professor trat nun ebenfalls auf den Flur und schloss die Tür dreimal hinter sich ab, ohne Jay dabei aus den Augen zu lassen.

Jay zuckte nur mit den Schultern und grinste schelmisch. »Reine Selbstverteidigung. Ich habe sonst Angst im Dunkeln.«

Solberg betrachtete das Messer, wog es kurz in der Hand und ließ es dann in die Tasche seines Kittels gleiten. »Gut. Los geht's. Ich muss noch kurz etwas testen und sehe euch dann gleich vor Ort.«

Kapitel Vier

Die fünf Studenten stiegen in die Hummer-Limousine, die wie ein aufgemotztes Monster vor ihnen stand. Schwarzer, glänzender Lack, getönte Fenster – die Limousine war ein echtes Ungetüm, das den Flur der Straße beherrschte. Ryan und Jay ließen ihre Begeisterung freien Lauf.

»Was für ein brutal geiles Teil«, rief Ryan und trommelte auf die Tür, als er sich hineinsetzte. »In so einem wollte ich schon immer mal fahren. Fuck Greta!«

Jay schüttelte mit einem wissenden Grinsen den Kopf. »Wusstest du, dass das eigentlich ein Militärfahrzeug ist?«

»Die haben eine Limousine beim Militär?«, fragte Ryan ungläubig. »Alles von unseren Steuergeldern.«

Jay zuckte nur mit den Schultern. »Ach, vergiss es.«

Die Gruppe machte es sich auf den Ledersitzen bequem, und die Limousine setzte sich in Bewegung. Katie, die sich über Ryan und Jay drängte, um einen besseren Blick aus dem Fenster zu erhaschen, zog unabsichtlich die Blicke auf sich. Ihr knackiger Hintern zeichnete sich in der engen Hose ab, während sie ihr Gesicht an die Scheibe presste und erstaunt in die Dunkelheit hinaus starrte.

»Hey«, rief sie, »man kann gar nicht rausgucken, so dunkel sind die Scheiben!«

»Wer will denn auch rausgucken«, erwiderte Ryan mit einem breiten Grinsen. »Alles Gute ist doch hier drin.«

Er klopfte heftig an die Scheibe zum Fahrer, die ebenfalls schwarz getönt war. »Ey! Dreh mal die Mucke fett auf!«

Der Fahrer reagierte sofort – die Limousine vibrierte, als die Musik laut und dröhnend einsetzte. Katie schloss die Augen und genoss den Moment. »Oh ja, geiler Song«, murmelte sie.

»Und absolut geiler Sound«, bestätigte Ryan begeistert. »Da ich jetzt ja doch nicht von der Uni fliege, kauf ich mir später auch so einen.«

Ryan, Katie und Jay begannen, sich zum Takt der Bässe zu bewegen. Die Stimmung war ausgelassen, als sie auf Party-Kurs gingen. Inzwischen hatte Ryan die Mini-Bar entdeckt und schob den Nerd ohne weiteres zur Seite.

»Wohoo, was haben wir denn da?«, fragte Ryan, als er die Flasche Champagner und einige Mini-Whiskey-Flaschen entdeckte.

»Es wird immer besser«, lachte Katie und schüttelte anerkennend den Kopf. »Was für ein geiles Projekt.«

»Und es hat gerade erst angefangen«, sagte Ryan, hob die Champagnerflasche und prostete der Gruppe zu. »Auf euch, Leute!«

Der Korken flog mit einem lauten »Popp« durch den Raum, und die Flasche kreiste durch die Luft. Katie griff schnell zu und nahm einen tiefen Schluck.

»Yeah, Baby, Blowjob-Contest! Das macht mich an! Prost!« Ryan lachte laut, als er ein paar obszöne Bewegungen machte. Katie, mit einem koketten Lächeln, übertrieb absichtlich und schluckte etwas Sekt, um ihn dann spielerisch in Ryans Mund zu tropfen.

»Du weißt doch, ich schlucke nicht«, flüsterte sie, ein neckisches Funkeln in den Augen.

Cass, die auf der gegenüberliegenden Seite des Wagens saß, verdrehte die Augen und warf Jay einen langen Blick zu. Der beobachtete die Szene mit Argwohn, ein Funken Eifersucht blitzte in seinen Augen auf. Doch auch er ließ sich von der ausgelassenen Stimmung mitreißen. Grinsend griff er sich die Mini-Whiskey-Flaschen und sprang dazwischen, als Ryan und Katie sich wieder in den Rhythmus der Musik vertieften.

»Zeit für ein paar Ex-Shots«, verkündete Jay und reichte den beiden die Flaschen.

Ryan feuerte ihn begeistert an. »Ex, Ex, Ex...«

Alle kippten die ersten Shots runter und schüttelten sich anschließend.

»Und gleich noch eine Runde«, sagte Jay mit einem teuflischen Grinsen, als er erneut nach den Flaschen griff.

Jay zog dann Cass zu sich herüber, und obwohl sie sich zunächst sträubte, musste sie schließlich doch lachen, als er sie in den Arm nahm.

»Brüderschaft«, sagte Jay und stieß mit ihr an, ehe sie beide den nächsten Shot hinunterkippte.

Ryan lachte. »Und jetzt küssen!«

In einem Moment der Übermut küsste Jay sie – ein Kuss, der eine Millisekunde zu lange dauerte. Cass drückte ihn leicht von sich weg, aber nicht wirklich böse.

»Das geht ohne Zunge, du Ferkel«, sagte sie mit einem schelmischen Lächeln.

Jay tat unschuldig. »Ich weiß wirklich nicht, was du meinst.«

In der Ecke saß der Nerd und nippte an einer Fanta mit Strohhalm, abgewandt vom Rest der Gruppe. Sein Blick wanderte abwesend aus dem Fenster, doch was er sah, war nur das spiegelnde Bild seines eigenen Gesichts.

Die anderen feierten weiter, die Stimmung kochte. Doch der Nerd blieb in seiner eigenen Welt, tief in Gedanken versunken.

Später, als die Limousine auf einem großen Parkplatz vor einem düsteren, imposanten Gebäude hielt, war die Gruppe bestens gelaunt. Der Professor wartete bereits auf sie und verzog keine Miene, als er sie sah. Katie, die von Ryan und Jay gestützt wurde, war ein kleines bisschen angetrunken.

»Ich wollte euch mit der Limousine was Gutes tun. Und was macht ihr? Schießt euch fast die

Lampen aus«, sagte Professor Solberg mit wütendem Blick.

Katie kicherte und frotzelte: »Dann lernen Sie für Ihr nächstes Projekt: Hast du Studenten an Bord, schließt du besser die Mini-Bar ab.«

Solberg starrte sie kurz an, dann seufzte er und schüttelte nachdenklich den Kopf. »Ich habe nicht damit gerechnet, dass ihr euch nach so kurzer Zeit schon so gut versteht«, murmelte er, als er sie mit einem prüfenden Blick musterte. »Ziemlich ungewöhnlich.«

Er zögerte, dann drehte er sich um und deutete auf das Gebäude vor ihnen. »Jetzt bitte etwas Respekt und Ernsthaftigkeit. Hier geht es um eure Zukunft.«

Das Gebäude, auf das sie zugingen, war düster und riesig. Die Fassade zeigten keine Zeichen von Leben, und die Fenster waren so dunkel, dass sie das Gefühl hatten, in einen Albtraum zu blicken.

Ryan starrte es fassungslos an. »Alle Achtung. Was war das denn mal?«

Katie zuckte mit den Schultern. »Ich würde sagen, ein Hotel.«

Ryan grinste. »Oder ein Krankenhaus?«

Jay hob die Augenbrauen. »Könnte auch ein Knast sein.«

»Es erfüllt genau den richtigen Zweck«, antwortete Solberg. »Nur hier kann das Projekt funktionieren. Und mehr braucht ihr im Moment nicht zu wissen. Das würde euch nur unnötig beeinflussen.«

Die Gruppe trat näher heran, fasziniert von der düsteren Atmosphäre des Gebäudes. Der Nerd, der etwas abseits stand, sah jedoch besorgt aus.

»Ich war schon mal hier«, murmelte er leise.

Doch niemand beachtete ihn. Im Hintergrund zogen dunkle Wolken auf und verdunkelten den Himmel.

Kapitel Fünf

Das Gebäude schien von der Außenwelt abgeschnitten, wie ein Relikt aus einer vergessenen Zeit. Der Gang, den die Gruppe entlangging, war düster, die Wände blass und kahl. Kein Tageslicht drang hier hinein. Es war, als ob der Raum sich selbst in eine dunkle Umklammerung gelegt hatte. Über ihnen flackerte das Licht der Neonröhren, unregelmäßig und flimmernd, als wollte es sich aus der Enge dieses Ortes befreien. Katie schob ihre Sonnenbrille hoch.

»Ganz schön beklemmend, der Schuppen«, murmelte sie, während sie den Flur betrachtete, als berge er etwas Schreckliches.

Die Gruppe ging weiter, das Flackern der Neonlichter schien sich mit jedem Schritt zu intensivieren. Das Gefühl, das der Raum vermittelte, war unheimlich, fast erdrückend. Doch Professor Solberg schien sich keinerlei Sorgen zu machen.

»Das ist hier manchmal so«, sagte er mit einem zugewandten Lächeln, das nicht ganz zu der düsteren Atmosphäre passte. »Nicht wundern, wenn es mal kurzfristig ganz ausfällt. Die Leitungen sind sehr alt. Bräuchten dringend mal eine Renovierung. Aber für so was ist ja nie Geld da ...«

Seine Stimme klang fast entschuldigend, aber niemand der Gruppe reagierte darauf. Sie wollten einfach nur weitergehen. Der Gang führte sie an Zimmern entlang, vor denen Namensschilder hingen, die wie letzte Überbleibsel einer vergessenen Ordnung wirkten. An jedem Zimmer befand sich eine kleine Klappe mit einem Sichtfenster, hinter dem sich der Raum offenbar verbarg. Ryan war der Erste, der es nicht länger aushielt und eine der Klappen öffnete.

»Spooky«, sagte er und starrte in das düstere Zimmer.

Keiner lachte. »Spooky Mulder? Akte-X? Die unheimlichen Außerirdischen? Ach, vergesst es!« Auch seine Erklärung brachte nichts, der Gag war einfach schlecht.

Stattdessen kam Cass, mit einem skeptischen Blick, näher. »So richtig lustig finde ich das hier nicht«, sagte sie, ihre Stimme zitterte ebenso wie die Lichter, die über ihrem Kopf tanzten. »Eher unheimlich.«

Auch Jay beugte sich vor, um einen Blick durch das Fenster zu werfen. Als er sich dann abrupt aufrichtete, stand der Professor direkt neben ihm. Jay fuhr erschrocken zusammen.

»Ihr könnt die Tür auch öffnen!« Mit einem Finger stieß er sie auf.

Jay starrte ins Innere des Raumes und schüttelte dann den Kopf. »Ein Fünf-Sterne-Hotel ist das jedenfalls nicht«, murmelte er.

»Als ob du jemals eins von innen gesehen hättest«, warf Katie lachend ein.

»Nee«, sagte Jay, »aber ich habe genau 132-mal *Pretty Woman* geschaut.«

»Was?« Ryan blickte verdutzt, als könne er kaum glauben, was er gerade gehört hatte.

»Na, mit dem alten Schinken kriegst du wirklich jede Frau ins Bett«, erklärte Jay mit einem schelmischen Grinsen.

Ryan lachte schallend. »Ghettofaust, Alter.«

Sie gingen weiter, vorbei an einer weiteren Tür mit einer Milchglasscheibe. Die Spannung in der Gruppe wuchs, doch niemand sprach das Unbehagen laut aus. Vor einer weiteren Tür hielt der Professor an.

»Gemeinschafts-WC und Dusche«, verkündete er mit einer Miene, die keinerlei Raum für Diskussion ließ.

Katie und Cass reagierten sofort, beide sprangen im gleichen Moment zurück und rümpften die Nasen. »Ist ja ekelhaft«, sagten sie im Chor.

Das Licht flackerte wieder. Cass, sichtbar irritiert, drehte sich um und warf einen nervösen Blick auf den Gang hinter sich. Solberg blieb ruhig.

»Keine Sorge. Ihr seid hier ganz allein«, sagte er in einem Ton, der kaum beruhigte.

Schweigend ging die Gruppe weiter. Sie erreichten schließlich das Zimmer von Ryan.

»Die Räume sind eure persönlichen Rückzugsorte. Diese sind nicht kameraüberwacht«, erklärte er. »Bitte habt Respekt vor der Privatsphäre jedes Einzelnen.«

»Natürlich!« Ryan zwinkerte Katie zu.

»Ihr könnt übrigens eure Zimmer abschließen«, sagte der Professor und fügte eindringlich hinzu, »und ich empfehle jedem von euch, das auch zu tun!«

Solberg überreichte jedem einen persönlichen Zellenschlüssel.

Ryan betrat seinen Raum und blickte sich um, während die anderen von draußen schauten. An die Wand waren Zeichnungen geschmiert, die wie die Skizzen eines psychotischen Künstlers wirkten. Strichmann und Strichfrau, die grotesk dargestellte Szenen ihrer tiefsten sexuellen Abgründe erlebten.

Katie kommentierte das gewohnt cool. »Wow – du hast einen Steinzeit-Porno. Glückwunsch, Ryan. Da weißt du ja, was du nachts machen kannst«, neckte sie ihn und machte mit der Hand eine entsprechende Geste.

Ryan lachte. »Ein *Playboy* wäre mir ehrlich gesagt lieber. Ich steh auf blond und große Hupen. Solltest du ja schon gemerkt haben, oder?«

Er warf ihr einen Blick zu, der so eindeutig war, dass sie ihn nicht mehr zu übersehen versuchte.

Kapitel Sechs

Die Gruppe sammelte sich vor einem Raum, über dem eine riesige mechanische Zeitanzeige angebracht war. Die digitale Uhr zeigte 00:00:00 an. Dann drückte Professor Solberg einen Knopf, und die Zeit begann rückwärts zu zählen. Der Klang des tickenden Geräts hallte wie das bevorstehende Unheil durch den Raum.

»Was ist das denn?«, fragte Cass, ihre Stimme zitterte leicht.

»Exakt alle drei Stunden muss jemand von euch in diesen Raum«, erklärte Solberg, »Das ist der sogenannte Kontaktraum. Wer von euch das ist und wie ihr euch das einteilt, ist mir absolut egal.«

Die Gruppe betrat den Raum. Es war ein winziger Raum, kaum mehr als fünf Quadratmeter, und das Gefühl der Beklemmung nahm zu.

»Boah, ist das eng«, sagte Katie und schüttelte den Kopf. »Hier will man ja nicht mal zum Sterben liegen.«

Cass versuchte, sich aus der Ecke zu schieben, in die sie gedrängt wurde. Sie wirkte nervös. »Ich krieg‹ Platzangst. Ich muss hier gleich wieder raus.«

Professor Solberg beobachtete alles mit einer stoischen Ruhe, als würde er das Unbehagen in der Luft bereits erwarten.

»Sobald die Person die Tür von innen geschlossen hat, wird sie hinter dieser Klappe eine ganz persönliche Box finden«, erklärte er weiter und deutete auf eine unscheinbare Metallklappe an der Wand. »Vergesst beim Rausgehen nicht, den Zeitknopf zu aktivieren.«

Der Professor deutete auf den Knopf. Beobachtete aber eigentlich die Reaktion der Gruppe im Spiegel, der hinter ihnen hing. Etwas Unheimliches war in seinem Blick.

»Das ist übrigens der zweitwichtigste Raum in dem ganzen Projekt«, fuhr er fort, als er sich selbst betrachtete, die Gruppe jedoch mit einer unterschwelligen Bedrohung im Blick hielt.

Ryan versuchte, die Spannung zu lockern. »Ja, nach meinem Zimmer. In dem geht nämlich mit den Girls später noch die Post ab.«

Katie, immer noch ironisch, konterte: »Oh, gleich beide? Wie hätte es der Herr denn gern? Nacheinander oder gleichzeitig?«

Ryan grinste vorfreudig bis debil; die Ironie in ihren Worten hatte er nicht wirklich verstanden. Professor Solberg hingegen hatte seinen Blick abgewendet, und nun, als er sich abrupt zu ihnen umdrehte, war etwas in seinem Gesicht, das sie alle schaudern ließ.

»Jetzt ist ein für alle Mal Schluss mit den dummen Sprüchen!«, brüllte er, seine Stimme hallte durch den Raum. »Wir sind hier nicht auf Klassenfahrt.« Er atmete tief ein, um sich zu beruhigen. »Ihr habt keine Ahnung, wie ernst das Ganze ist.«

Die Gruppe verstummte, überrascht und eingeschüchtert von seiner plötzlichen Wut. Auch Cass war nun ernst, die Angst stand ihr ins Gesicht geschrieben.

Solberg jedoch schien sich schnell wieder zu fangen, seine Miene veränderte sich in eine kühle, kontrollierte Ruhe.

»Ich hätte gern ein letztes Mal eure volle Aufmerksamkeit«, sagte er nun sanft, aber mit einer seltsamen Schärfe in seiner Stimme. »Denn das, was ich jetzt sage, ist von höchster Wichtigkeit. Ihr geht hier alle rein ... aber ... einzeln. Auf keinen Fall gemeinsam! Ihr dürft niemals – versteht ihr: wirklich niemals – gemeinsam in diesen Raum. Die anderen dürfen nicht wissen, was ihr hier drinnen sagt.«

Jay, der das Ganze immer noch nicht recht verstand, fragte: »Und was sollen wir denn in diesem Raum überhaupt sagen?«

Solberg stand auf und ging vor dem Spiegel, bevor er sich zu ihnen umdrehte. »Endlich sind wir beim Kern meines Projekts. Hier sprecht ihr bitte in den Spiegel. Direkt zu mir. Und ihr sagt mir, wer ihr seid und was ihr gerade in diesem Augenblick fühlt.«

Mit diesen Worten setzte er sich vor den Spiegel, blickte sich selbst an und sprach: »Ich bin Professor

Solberg und freue mich, weil mein Projekt startet. Heute ist ein guter Tag.«

Dann wandte er sich wieder der Gruppe zu.

»Seht ihr. Ganz einfach und tut gar nicht weh.«

Der Professor stand wieder auf, trat an die Wand und öffnete eine kleine, unscheinbare Klappe. Ein eisiger Hauch wehte aus dem Inneren, als er das Fach enthüllte. Es war eine alte Leichenkühlbox, die schon lange ihre Funktion verloren haben mochte, doch ihr Anblick reichte, um das Blut in den Adern der Gruppe gefrieren zu lassen. Solberg schloss die Klappe wieder und richtete seinen eindringlichen Blick auf die Gruppe.

»Der einzige Unterschied«, begann er mit ruhiger, aber bedrohlicher Stimme. »Bevor ihr sprecht, öffnet ihr zuerst die Klappe und schaut in eure persönliche Box. Ihr müsst diese Box auf jeden Fall öffnen und anschauen. Das ist unverzichtbar. Was ihr dann mit dem Inhalt macht, ist euch allein überlassen. Aber vergesst nicht: Egal, was ihr dort findet – ihr seid für alles, was damit geschieht persönlich verantwortlich!«

Die Gruppe verließ den Kontaktraum, sie waren nun deutlich ernster und ruhiger. Besonders Cass stand die dunkle Vorahnung ins Gesicht geschrieben, als Solberg ihnen die letzten Anweisungen gab. Er stand am Eingang des Kontaktraums, sein Blick forschender als zuvor.

»Das waren viele Informationen. Bezieht erstmal in Ruhe eure Zimmer. Ihr hört bald wieder von mir.«

Ohne ein weiteres Wort drehte er sich um und entfernte sich in Richtung Flurende. Ein weiteres Mal flackerte das schwache Licht über ihren Köpfen, als wollte es die Spannung noch unterstreichen.

Jay und Cass blieben noch kurz beisammen, während die anderen sich in ihre Zimmer zurückzogen.

»Und?«, fragte Jay mit einem Seitenblick.

Cass wirkte nachdenklich. »Ich weiß echt nicht, was ich davon halten soll.«

Jay sah ihr aufmerksam ins Gesicht. »Der Professor ist schon ziemlich strange, findest du nicht?«

Cass nickte langsam und ließ Jays Worte sacken. »Nicht nur der Professor. Es ist das ganze Gebäude und diese Zimmer. Wer wohnt denn heutzutage noch so?«

Jay zuckte mit den Schultern, zuversichtlich. »Ich glaube, das gehört zum Projekt. Die wollen uns nur testen. Denk an meine Worte!«

Mit einem kurzen Blick verabschiedete er sich und verschwand in seinem Zimmer. Cass seufzte, drehte sich um und sah noch einmal den Korridor entlang. Doch dieser lag bereits leer und still da, ohne ein Lebenszeichen. Gerade als sie sich abwenden wollte, bemerkte sie im Augenwinkel eine Bewegung. Ein Schatten huschte am Ende des Gangs vorbei. Sie blinzelte – doch da war nichts mehr. Der Schatten schien sich in der Dunkelheit aufgelöst zu haben.

In ihrem Zimmer angekommen, schaute Cass sich um. Alles wirkte steril und emotionslos, eine Schale von vier Wänden, die mehr an ein Gefängnis als an eine Bleibe erinnerte. Ihre Finger glitten über die raue Wand, bis sie an einer Stelle etwas Lockeres spürten. Ein kleines Stück Tapete oder Putz hatte sich gelöst. Sie zog vorsichtig daran, aber es kam nichts weiter zum Vorschein – nur der nackte Beton darunter.

Mit einem resignierten Seufzen ging sie zum Fenster. Sie hätte es fast als Fluchtweg betrachtet, doch die kalten Ziegel von außen ließen keinen Lichtstrahl ins Zimmer und kein Entkommen zu. Das Fenster war von außen zugemauert - offensichtlich schon vor langer Zeit. Cass stand allein mit ihren Gedanken, als ein leises Flüstern durch die Wände zu dringen schien.

»Es gibt keinen Ausweg«, murmelte sie. Die Worte hallten leise in ihrem eigenen Kopf wider.

Instinktiv durchsuchte sie die Schubladen des schmalen Schranks, hoffte auf irgendetwas Vertrautes – vielleicht ihre Medikamente. Aber alles, was sie fand, war saubere Unterwäsche und eine Zahnbürste. Ein nervöser Schauder lief ihr über den Rücken, als sie sich fragte, wie sie die nächsten Tage aushalten sollte.

Erschöpft ließ sie sich auf das steinharte Bett sinken und starrte an die Decke, ihre Gedanken kreisten um das beklemmende Gefühl der Gefangenschaft. Gerade als ihr die Augen zufielen und die Müdigkeit sich langsam durchsetzte, hörte sie ein gedämpftes Klopfen – oder war es ein Schritt? Oder Stimmen, die sich irgendwo hinter den Wänden erhoben? Unbehaglich stand sie auf und verriegelte die Tür, ihre Hände zitterten leicht. Sie spürte die Anspannung in ihren Muskeln, konnte aber gegen das dämmernde Gefühl der Erschöpfung nichts mehr ausrichten. Langsam fielen ihre Lider zu.

Plötzlich durchbrach ein schrecklich schriller Alarmton die Stille.

Kapitel Sieben

Aus den Räumen strömten Katie, Ryan, der Nerd, Cass und Jay nacheinander auf den Flur. Alle waren in heller Aufregung, nur Jay behielt als Einziger die Ruhe. Das schrille Alarmsignal hörte einfach nicht auf, und der Nerd hielt sich schmerzverzerrt die Ohren zu, während er hektisch um sich blickte. Die anderen mussten sich über den Lärm hinweg anschreien.

»Was ist los?«, brüllte Katie und sah Jay hilfesuchend an.

»Weiß einer, was hier los ist?«, schrie Jay zurück und verzog das Gesicht.

Ryan zuckte die Schultern und grinste unsicher. »Keine Ahnung! Vielleicht brennt es ja?«

Jay schüttelte den Kopf. »Kein Feuer, kein Rauch ... eher eine Alarmanlage.«

Katie schnaubte genervt. »Einbrecher? Verdammt, was wollen die hier? Du meinst, jemand ist reingekommen?«

»Ich mein gar nichts«, gab Jay zurück, der immer noch gelassen wirkte.

Dann, plötzlich, verstummte der Alarm. Es war so still, dass man eine Stecknadel hätte fallen hören können. Die Stille wurde von schweren

Schritten durchbrochen, die aus dem Gang näher kamen. Kurz darauf erschien Professor Solberg und musterte die Gruppe. Sein Blick war streng, und er ließ sich Zeit, jeden Einzelnen anzusehen.

»Gut. Sie haben es offensichtlich alle gehört«, sagte er ruhig, doch die Stille ließ seine Stimme gespenstisch wirken.

Alle Augen richteten sich auf ihn, und der Professor hat zum ersten Mal die volle Aufmerksamkeit von jedem Einzelnen.

»Das war nur ein Test. Sollte dieses Notsignal in den nächsten drei Tagen irgendwann einmal ertönen, dann zögert keine Sekunde. Geht sofort in eure Zellen und schließt die Tür ab.«

Ryan hob die Augenbrauen und grinste schief. »Und dann? Verbrennen wir?«

Katie stieß ihn in die Seite. »Wer sagt denn, dass das ein Feueralarm ist, du Trottel?«

Solberg nickte ernst. »Wenn das Signal losgeht, werden weitere Anweisungen folgen. Denkt an Regel zwei.«

Er wandte sich ab und ging langsam den Flur entlang. Sein Blick wanderte prüfend von Tür zu Tür – bis er bei Jays Zimmer stehen blieb. Die Tür war abgeschlossen. Interessiert rüttelte Solberg an der Klinke und nahm diese Tatsache mit einem leisen, nachdenklichen Lächeln zur Kenntnis.

Cass und Katie standen etwas abseits vom Rest der Gruppe. Cass lehnte sich nahe an Katie und flüsterte: »Du, mir gefällt das hier nicht. Ich fühle mich unwohl. Da stimmt was nicht. Und der …«

Cass nickte in Richtung des Professors, »... jagt mir einen kalten Schauer über den Rücken.«

Katie schüttelte den Kopf und rollte die Augen. »Ach komm, mach dich nicht lächerlich. Das ist halt ein typischer Prof. Die sind immer so.«

Cass schwieg einen Moment, doch dann setzte sie zu sprechen an und trat näher an Solberg heran. »Herr Professor, ich steige aus. Bitte lassen Sie mich raus. Mir ist das mit dem College egal. Wir haben über viertausend Hochschulen im Land; ich finde eine andere. Machen Sie ihr merkwürdiges Projekt allein!«

Ryan mischte sich schnell ein und winkte ab. »Cass, komm schon. Stell dich nicht so an«, sagte er. Dann wandte er sich an den Professor. »Sie meint es nicht so. Es wird bestimmt sogar ganz lustig! Ich wette, im Gemeinschaftsraum gibt es auch was zu trinken. Da können wir weitermachen, wo wir vorhin aufgehört haben.«

Jay verschränkte die Arme und sah Cass direkt an. »Lasst sie doch, wenn sie weg will. Ist allein ihre Sache.«

Solberg blickte todernst in die Runde. »Das ist es eben nicht«, erwiderte er. »Und es ist auch zu spät. Das Projekt hat bereits begonnen. Ihr Ausstieg würde alles gefährden. Absolut ausgeschlossen.« Er nahm einen tiefen Atemzug und wandte sich direkt an Cass, seine Stimme klang sanfter. »Es sind ja nur drei Tage, Cassandra. Und wenn Sie gut mitarbeiten, werde ich mich für Sie persönlich einsetzen.

Glauben Sie mir, ein einziges Empfehlungsschreiben von mir kann und wird ihr Leben verändern.«

Cass schwieg, ihre Blicke suchten den Boden. Nach kurzem Zögern seufzte sie leise und blieb. Katie legte ihr tröstend den Arm um die Schultern und lächelte aufmunternd. »Wir machen das schon«, flüsterte sie ihr zu. »Keine Sorge.«

Kurze Zeit später versammelte sich die Gruppe vor der großen Eingangstür. Professor Solberg stand ihnen gegenüber und warf ihnen einen letzten, eindringlichen Blick zu.

»Die Außentüren werden jetzt abgeschlossen. Das geschieht zu ihrer eigenen Sicherheit«, erklärte er langsam. »Und jetzt wünsche ich Ihnen viel Erfolg. Und mir selbst auch. In drei Tagen wissen wir alle mehr.«

Er trat durch die Tür nach draußen, und die Gruppe sah, wie die schwere Tür ins Schloss fiel. Ein metallisches Klicken ertönte, gefolgt von einem Piepen der Tastenkombination, mit der die Tür verriegelt wurde. Die Gruppe starrte auf die massive Metallwand, die nun ohne Griffe oder andere Anzeichen eines Auswegs vor ihnen stand.

Ryan war der Erste, der sich aus der Erstarrung löste. Er grinste breit und klatschte in die Hände. »Sturmfreie Bude!«, rief er und lachte. »Let's get ready to party …«

Kapitel Acht

Der Gemeinschaftsraum erinnerte auf den ersten Blick an die Lobby eines heruntergekommenen Hotels. Die Möbel waren alt und abgesessen, die Teppiche abgenutzt, und das ganze Zimmer strömte einen dumpfen, leicht muffigen Geruch aus. Keine Spur von moderner Technik, keine Bildschirme, kein Radio – einfach nichts, was auf die heutige Zeit hinwies. Die Gruppe durchstöberte den Raum, offenbar auf der Suche nach einer kleinen Annehmlichkeit.

»Hier ist ja nicht mal eine Glotze«, brummte Ryan und ließ sich entnervt auf das abgegriffene Sofa fallen, während er die Arme hinter dem Kopf verschränkte.

Aus dem Hintergrund erklang Katies Stimme. »Hier ist nicht nur keine Glotze, hier ist einfach überhaupt nichts.«

Jay öffnete währenddessen einen kleinen Kühlschrank in der Ecke und warf einen skeptischen Blick auf den Inhalt. Drinnen lagen fein säuberlich gestapelte Sandwiches, die allerdings weder besonders appetitlich noch zahlreich wirkten.

»Bisschen eintönig«, murmelte er und hob eine Augenbraue. »Und für drei Tage und fünf Leute reicht das im Leben nicht. Egal«, er grinste und zog eine Bierflasche hervor, »ich halte mich an Flüssignahrung.« Er hielt die Flasche in die Höhe und sah zu Ryan. »Ryan?«

Er warf die Bierflasche in Ryans Richtung, der sie mühelos auffing. Dann wandte sich Jay, ohne hinzusehen, nach hinten und schleuderte eine weitere Flasche in Katies Richtung. »Katie?«

Die Flasche zischte haarscharf an ihrem Kopf vorbei und zerplatzte klirrend auf dem Boden. Katie wich erschrocken zur Seite, und Jay lachte trocken. »Schade um das gelbe Gold.«

Jay setzte sich neben Ryan, und die beiden prosten sich entspannt zu.

Ryan grinste breit. »Na, das Projekt scheint mir doch ganz entspannt zu sein. Machen wir das Beste draus und chillen einfach drei Tage ab.«

Katie und Cass gesellten sich zu ihnen, während der Nerd unauffällig weiterhin den Raum untersuchte und dabei abwechselnd den Boden und die Wände abklopfte, als würde er nach versteckten Räumen oder Geheimnissen suchen.

Katie verschränkte die Arme und sah sich nachdenklich um. »Ich geh als Erstes in den Kontaktraum. Wenn keiner was dagegen hat. Ich bin so neugierig auf mein Paket. Und außerdem muss ich dann nicht heute Nacht …«

Der Nerd legte sein Ohr an die Wand und klopfte leise an einigen Stellen. Cass sah ihm neugierig zu, dann wandte sie sich an die anderen. »Was passiert eigentlich, wenn nach den drei Stunden niemand

im Raum ist? Das hat der Prof vorhin gar nicht erwähnt.«

Jay schüttelte den Kopf. »Das wollen wir lieber
nicht ausprobieren! Sonst fliegen wir noch von der
Uni, weil es heißt, wir hätten die Regeln gebrochen
oder so was.«

Katie überlegte kurz und nickte dann. »Ist ja
auch nicht so wild. Alle drei Stunden, also achtmal
am Tag. Wir sind fünf, das heißt ...« Sie schien zu
rechnen und zählte an ihren Fingern ab, bevor sie
triumphierend verkündete: »... genau zweimal jeder.«

Ryan schüttelte lachend den Kopf. »In Mathe bist
du auch nur Deko, oder?«

Er grinste und hob belehrend den Finger. »Alle
drei Stunden – also jeder dreimal pro Tag.«

Da meldete sich der Nerd zum ersten Mal, mehr
zu sich selbst murmelnd. »1,6-mal pro Tag. Also
rein rechnerisch.«

Die anderen hatten ihn gehört, und Jay lachte
auf. »Aah. Hört, hört. Der Nerd kann sprechen.«

Ryan klopfte ihm auf die Schulter. »Und auch
noch so schlaue Sachen. Ich habe eine Idee: Unser
Schlaumeier übernimmt alle Nachtzeiten ab zehn.
Dann kann der Rest von uns schön durchpennen
oder sonst etwas Schönes machen.« Er warf Katie
einen eindeutigen Blick zu und leckte sich dabei
über die Lippen. »Nerd. Hast du damit ein Problem?«

Der Nerd schüttelte nur den Kopf und setzte
seine Suche fort, unbeeindruckt von Ryans Worten.

Katie straffte sich und rieb sich die Hände. »Aber jetzt gehe ich trotzdem mal ... drückt mir die Daumen«, sagte sie mit einem spielerischen Augenaufschlag, machte eine kleine Verbeugung und verschwand durch die Tür.

Vorsichtig schritt Katie durch den Flur, als das Licht über ihr erneut flackerte. Sie blieb stehen und warf einen kurzen Blick zurück, ihre Augen suchten die Ecken des düsteren Ganges ab.

»Hallooo ... Cass, bist du das?«, rief sie mit gezwungen fröhlicher Stimme, doch die einzige Antwort war die Stille, die im Flur lag. Sie zuckte mit den Schultern und beschleunigte ihre Schritte, bis sie schließlich den Kontaktraum erreichte.

Mit einem leichten Kopfnicken betrat sie den Raum und winkte verspielt in Richtung des Spiegels, hinter dem sie Solberg vermutete. »Hallo, lieber Herr Professor«, flötete sie und schritt selbstsicher zur Wandklappe. Ihre Hände zitterten leicht, als sie die Box herauszog und behutsam öffnete.

Katie öffnete den Deckel und entdeckte darin ein Paar Nylonstrümpfe, einen Push-Up-BH, High Heels und ein verführerisches, schwarzes Dessous-Set. Sie hob die Dessous hoch, ließ die Spitze durch ihre Finger gleiten und grinste in Richtung des Spiegels. Ein Hauch von Provokation glitzerte in ihren Augen.

Katie trat näher zum Spiegel und formte einen lasziven Kussmund, den sie sanft an die Scheibe hauchte. »Ich bin Katie. Die Verführerin«, flüsterte sie mit einem vielsagenden Lächeln. »Und heute werde ich meinen Ex betören ...«

Sie ließ den Spitzenslip spielerisch vor dem Spiegel baumeln. »Vielen Dank – wer auch immer für meine Box verantwortlich ist. Eins weiß ich: Ich kenne jemanden, dem das ganz sicher gefällt.«

Mit einem leisen Lachen drückte sie den Knopf und verließ beschwingt den Raum.

Zur gleichen Zeit war Professor Solberg im kargen Überwachungsraum, in dem sich mehrere Monitore an den Wänden reihten. Ein kaltes, fast steriles Licht spiegelte sich auf den weiß gekachelten Wänden und verstärkte die klinische Atmosphäre des Raumes. Auf den kleinen Bildschirmen waren die verschiedenen Räume zu sehen: der lange Flur, der Gemeinschaftsraum, die Einzelzimmer der Teilnehmer. Der größte Monitor in der Mitte zeigte den Kontaktraum – und darauf Katie, die gerade ein schwarzes Dessous-Set aus ihrer Box zog und den BH vor sich hielt, als würde sie sich darin betrachten.

Mit ruhiger Hand griff Solberg nach einem Diktiergerät auf dem Tisch. Seine Stimme war leise, fast genüsslich.

»Tag 1. Das Experiment beginnt. Katie war erwartungsgemäß als Erste im Raum. Die Neugier.«

Er stellte das Diktiergerät ab und sah weiter auf den Bildschirm. Sein Blick folgte Katie, während sie die Dessous wie einen Schatz in den Händen hielt und den Raum wieder verließ. Ein kleines Lächeln umspielte seine Lippen.

Katie trat mit einer gespielten Unbekümmertheit in den Gemeinschaftsraum. Sofort wandten sich die Blicke der anderen auf sie. Cass, Ryan und Jay sahen sie interessiert an, als erwarteten sie eine spektakuläre Enthüllung.

»Und?«, fragte Cass, ihre Augen funkelten vor Spannung. »Wie war es?«

»Was hattest du in deiner Box?«, warf Ryan mit einem Grinsen ein.

Katie hob nur die Schultern und ließ sich Zeit mit ihrer Antwort. »Das habe ich schon auf mein Zimmer gebracht. Der- oder diejenige, die es betrifft, wird es heute Abend erfahren.« Sie zwinkerte herausfordernd, was Ryan schmunzeln ließ und Cass zum Stirnrunzeln brachte.

Cass zog die Augenbrauen hoch und verschränkte die Arme. »Ach komm, mach es nicht so spannend ...«

Ryan grinste spöttisch. »Vielleicht war es eine Packung Kondome.«

Katie lachte leise und sah ihm direkt in die Augen. »Da liegst du gar nicht mal so falsch ...«

Sie ging zum Kühlschrank, zog die Tür auf und runzelte die Stirn, als sie das spärliche Angebot sah. Nachdem sie eine Weile in den leeren Regalen gestöbert hatte, schloss sie die Tür und streckte sich ausgiebig.

»Bevor ihr mich weiter ausfragt«, verkündete sie, »ich geh jetzt mal zurück auf mein Zimmer, ein bisschen ausruhen. Meinen Job habe ich für heute ja schon erledigt.« Sie schritt aus dem Raum und warf den Jungs einen neckischen Blick über die Schulter zu. Ryan und Jay konnten es nicht lassen, ihr nachzuschauen.

Cass rollte mit den Augen. »Gute Idee, ich geh auch bald ins Bett.«

Ryan zuckte die Schultern. »Mach das. Ich trink mit Jay noch einen Absacker und hau mich dann auch aufs Ohr.« Er warf einen kühlen Blick zum Nerd, der abseits stand und die Szene beobachtete. »Und denk dran«, fügte Ryan mit scharfer Stimme hinzu, »es ist heute Nacht deine Schicht. Stell dir einen Wecker und lass die Männer jetzt mal in Ruhe.«

Der Nerd hielt den Blick gesenkt, als wollte er die Worte überhören, doch Ryan ließ nicht locker.

»Ich spreche leider kein Klingonisch«, sagte er verächtlich. »Also nochmal im Klartext: Verpiss dich. Jetzt.«

Der Nerd schob wortlos die Brille hoch und drehte sich um, verließ den Raum, ohne den beiden Jungs auch nur eines Blickes zu würdigen. Erst auf dem Flur hielt er kurz inne und sah mit zusammengekniffenen Augen zurück. Für einen Moment wirkte es, als würde er etwas erwidern wollen – doch er entschied sich anders und ging mit schnellen Schritten davon.

Der Abend verstrich, und die beiden Jungs hatten den Gemeinschaftsraum ganz für sich allein. Sie saßen auf den durchgesessenen Sesseln, jeder mit einer Bierflasche in der Hand und ließen den Tag ausklingen. Ryan lehnte sich zufrieden zurück und grinste Jay an.

»Also, welche von beiden findest du eigentlich heißer?«, fragte er grinsend und nahm einen Schluck.

Jay wirkte jedoch abgelenkt, sein Blick wanderte über die kargen Wände. »Ist dir aufgefallen, dass es hier keine Fenster gibt? Das Gebäude hat keine Fenster von innen. Von außen sah es doch ganz normal aus.«

Ryan schnaubte und schüttelte genervt den Kopf. »Wir sind ja auch nur in einem bestimmten Teil. Das war doch ein Riesending. Lass uns lieber über die Mädels quatschen.«

Jay schüttelte leicht den Kopf und sah nachdenklich zur Seite. »Hier drin verliert man total das Zeitgefühl.«

Ryan runzelte die Stirn und sah Jay prüfend an. »Bist du eigentlich schwul? Oder hörst du mir einfach nicht zu?« Er seufzte und zuckte dann gleichgültig mit den Schultern. »Ach, ist ja auch egal.«

Mit einem breiten Grinsen setzte er die Flasche an und trank das Bier in einem Zug aus. Die Flasche stellte er mit einem lauten Knall auf den Tisch und stand auf.

»Bis morgen«, murmelte er und klatschte Jay mit einer Ghettofaust ab, bevor er den Raum verließ.

Jay sah ihm schweigend nach und lehnte sich zurück, seine Gedanken verloren in der stillen, unheimlichen Atmosphäre des Gebäudes.

Kapitel Neun

Cass verließ ihr Zimmer und schlich leise den Flur entlang. Der Gang war dunkel und still, kein Laut drang aus den angrenzenden Zimmern. Ihre Fingerspitzen glitten sanft, fast zärtlich über die Türschilder der anderen, als wollte sie sich vergewissern, dass alles noch an seinem Platz war. Doch mit jedem Schritt wuchs das ungute Gefühl in ihr.

Vor dem Kontaktraum hielt sie inne und atmete tief durch. Etwas in ihr schien zu warnen, dass dieser Raum mehr als nur ein gewöhnlicher Raum war. Sie zögerte, dann trat sie langsam ein.

»Ich bin Cass. Und ich habe ein schlechtes Gefühl«, murmelte sie leise in die stille Dunkelheit. Ihre Augen suchten den Spiegel an der Wand, und sie trat näher, bis sie sich selbst darin erkennen konnte.

Mit einem geflüsterten, beinahe beschwörenden Ton hauchte sie: »Hier ist jemand, der nicht hier sein sollte.«

Kaum hatte sie sich abgewandt, um den Raum zu verlassen, erklang eine Stimme aus einem Lautsprecher. Die vertraute, kühle Stimme Professor Solbergs hallte durch den Raum, und Cass zuckte erschrocken zusammen.

»Cass, vergessen Sie nicht, Ihre Box zu öffnen!«

Sie blickte zur Klappe an der Wand und biss sich nervös auf die Lippe. Langsam trat sie näher, öffnete die Klappe und zog die Box zu sich. Mit einem mulmigen Gefühl stellte sie sich auf die Zehenspitzen, um einen Blick hineinzuwerfen – und zuckte abrupt zurück.

Mit einem Ausdruck des Entsetzens knallte sie die Klappe sofort wieder zu. Wut flackerte in ihren Augen, verdrängte für einen Moment die Angst, die sie zuvor gefühlt hatte. »Für wen halten Sie mich? So etwas brauche ich wirklich nicht!«, rief sie in den leeren Raum und stürmte hinaus, das Herz klopfend vor Empörung.

Kaum war sie aus dem Kontaktraum getreten, stieß sie direkt vor der Tür auf Jay. Beide erschraken heftig, und Cass wich instinktiv einen Schritt zurück.

»Verdammt, was machst du denn hier?«, fragte sie atemlos und sah ihn überrascht an. »Ich dachte, ihr pennt alle schon?«

Jay zuckte die Schultern und lächelte entschuldigend. »Nein, ich schlafe an unbekannten Orten eh immer schlecht.«

Cass nickte und entspannte sich ein wenig. »Ja, geht mir genauso. Eigentlich habe ich immer etwas, das mir hilft, aber das habe ich diesmal nicht dabei.«

Jay sah sie mitfühlend an. »Probier es doch mal mit einer heißen Dusche. Das hilft mir oft.« Er deutete mit einem Nicken den Gang hinunter. »Ich wollte das gleich auch machen.«

Cass zögerte und lächelte schwach. »Ja, mal schauen. Vielleicht.«

Jay erwiderte ihren Blick, und für einen Moment schien ein Hauch von Verständnis zwischen ihnen zu schweben. Schließlich wünschte er ihr eine gute Nacht und ging in Richtung seines Zimmers. Cass sah ihm nach, spürte eine seltsame Kälte auf ihrer Haut und strich sich nervös über den Arm. Gänsehaut breitete sich aus, und sie wusste nicht, ob es der plötzliche Luftzug oder einfach nur dieses beklemmende Gefühl war, das sie umklammerte.

Unterdessen bei Katie. Sie ließ das seidige Material der Dessous langsam über ihre Haut gleiten, bis sie perfekt saßen. Sie glitt in die schwarzen Nylonstrümpfe, die ihre Beine wie eine zweite Haut umschmeichelten. Mit einem zufriedenen Lächeln zog sie den Strumpf in die richtige Position. Unbemerkt öffnete sich die Tür hinter ihr einen Spalt und verharrte, lautlos. Ein kaltes Kribbeln lief Katie den Rücken hinunter, ein Gefühl, das sie schließlich innehalten ließ. Sie hielt den Atem an, drehte sich langsam um – und da war nichts. Niemand im Raum. Langsam trat sie zur Tür, blickte hinaus in die dunkle Stille des Flurs, bevor sie leise, fast nervös, die Tür schloss und den Schlüssel herumdrehte. Ein kurzer, trockener Lacher entkam ihr. »Ich werde noch verrückt«, flüsterte sie, doch das mulmige Gefühl wollte einfach nicht vergehen. »Cass steckt mich mit ihrer Nervosität noch an.«

Katie warf sich auf das Bett, griff nach den hochhackigen Schuhen und zog sie langsam über ihre Füße. »Dabei habe ich heute doch noch etwas vor!«

Im Kontaktraum stand der Nerd, sein blasser Blick fixierte die kleine Box vor ihm. Mit zitternden Fingern öffnete er den Deckel, und was er darin fand, ließ ihn schwer atmen. Seine ungepflegten Nägel scharrten über die Objekte in der Box – ein Skalpell, eine Gipssäge, ein Kartoffelschäler, ein Tablettenröhrchen, eine Spritze. Schließlich hob er eine Waffe heraus, schwer und kalt. Er prüfte das Magazin, fand nur eine einzige Patrone darin, und das Gefühl des Ausgeschlossenseins wuchs in ihm.

Er hob die Waffe und richtete sie auf den Spiegel. Seine Augen spiegelten sich darin, und für einen Moment schien er zu überlegen. Dann ließ er die Hand sinken, seine Lippen bebten. »Ich bin der Außenseiter«, murmelte er. »Niemand kennt meinen Namen, alle nennen mich nur Nerd. Aber heute... heute mache ich etwas, damit mich endlich alle beachten.«

Er steckte die Waffe in den Hosenbund, nahm seine ganze Box mit und verließ mit festen Schritten den Raum.

Im kühlen Licht des Duschraums stand Jay währenddessen unter dem tröpfelnden Wasserstrahl, umhüllt vom vergilbten Plastikvorhang, der seine

Silhouette schemenhaft zeichnete. Der Raum wirkte wie ein Überbleibsel einer alten Sporthalle, fleckig und unheimlich. Langsam ließ Jay das warme Wasser über seine Haut laufen, schäumte sich ein, als ihm das Wasser zu Füßen ins Auge fiel – es war rot. Sein Atem stockte, und ein Moment des reinen Entsetzens zog durch sein Gesicht, bevor er aufschrie: »Blut! Ich verblute!«

Ein helles Lachen durchbrach die Stille, und Katie zog grinsend den Vorhang zur Seite. Sie schwenkte eine Packung Tomatensaft und zwinkerte ihm provokant zu.

»Du bist also immer noch der kleine Feigling. Wie früher ...«, spottete sie, ihre Augen funkelten herausfordernd.

Jay verzog das Gesicht, seine Lippen zogen sich zu einem schwachen Grinsen. »Ertappt.«

Katie legte den Kopf schief, ihr Blick glitt spielerisch über ihn. »Offenbar hat das Experiment bei dir noch keine Wirkung gezeigt.«

Jay seufzte und sah sie an. »Was willst du hier eigentlich?«

Katie ließ den Bademantel langsam von ihren Schultern gleiten und enthüllte die sinnlichen Dessous, die sie trug. Die Spitzenstoffe schmiegt sich an ihren Körper und betonten ihre Rundungen. Sie lächelte verführerisch.

»Dreimal darfst du raten«, flüsterte sie und trat einen Schritt näher.

Jay verschluckte sich an seinen Worten, als sie sich zu ihm in die Dusche gesellte und sich von hinten an ihn schmiegte. Ihre Finger legten sich sanft um seine Schultern und glitten über seinen Oberkörper, während ihre Lippen ihm nahekamen. »Ich habe dich so vermisst«, hauchte sie, ihre Stimme kaum mehr als ein Wispern. »Schon seeehr lange. Endlich sind wir wieder vereint.«

Ihre Arme glitten fester um ihn, und sie presste sich an seinen Rücken. »Sag mal ... das vorhin, mit den 132 Frauen ...«

Jay packte sie und drehte sie hart um. Die beiden schauten sich nun direkt in die Augen.

»Das war doch nur, um Ryan, den Möchtegern-Frauenheld, ein bisschen aufzuziehen«, sagte er ernst.

Katie lächelte und ließ ihre Hand über seine Brust streichen, bevor sie langsam vor ihm auf die Knie ging. Doch dann hielt sie inne, richtete sich wieder auf und zwinkerte ihm zu. »Aber komm«, sagte sie mit einem verführerischen Lächeln, »lass uns lieber auf dein Zimmer gehen.«

Der Gemeinschaftsraum war auf den ersten Blick leer und in tiefe Dunkelheit gehüllt. Nur schemenhafte Umrisse von Möbeln und Wänden waren zu erkennen. Aus einer Ecke drang ein Stöhnen, tief, verzweifelt. Es klang wie das Wimmern eines Menschen, der die Grenze des Erträglichen längst überschritten hat. Ein leises, schauriges Kratzen ertönte.

Eine Hand führte einen Kartoffelschäler über den Oberarm des Opfers. Die Bewegung war langsam und präzise, als würde man eine Kartoffel schälen. Zwei Zentimeter tief zog die Klinge die Haut auf und legte das rohe Fleisch frei. Das Blut quoll in gleichmäßigen Tropfen heraus, und die Wunde pulsierte im Rhythmus des Herzschlags.

Eine Stimme, von Schmerz und Angst verzerrt, wimmerte aus dem Dunkeln: »Wer bist du? Warum tust du das? Warum tust du mir das an?«

Das Geräusch des Kratzens setzte sich fort, während man die Innenseite des Unterarms sehen konnte. Die Pulsadern waren offen und pulsierten im Takt des Lebens. Das Blut blubberte, aber der Schmerz war nur ein leises Echo in der Dunkelheit. Die Stimme des Opfers schwächte sich ab, bis sie kaum mehr als ein Flehen war. »Warum hilft mir keiner?«

Die Stimme antwortet plötzlich in anderer Tonlage, kalt und höhnisch. »Weil dich keiner mag. Du bist Abschaum. Du bist nichts wert.«

Die verzweifelte Stimme des Opfers flackerte auf, als er mit letzter Kraft rief: »Ich will, dass das aufhört! Bitte beende es doch einfach. Du weißt, was zu tun ist!«

Die Hand, blutüberströmt, ließ den Kartoffelschäler mit einem dumpfen Geräusch fallen. Der Arm tastete sich, blutend und schwach, über den Boden, als er nach etwas suchte. Der Griff einer Waffe – der letzte Rest an Verzweiflung – fand den Weg in die Hand des Opfers.

Die Tür knallte ins Schloss. Katie hatte sie mit einem kräftigen Tritt geschlossen und war mit einem einzigen, entschlossenen Schritt zu Jay gegangen. Sie schob ihn mit einer fast aggressiven Energie aufs Bett, als würde sie die Kontrolle übernehmen. Sie gab den Ton an, sie war die, die das Spiel beherrschte.

Katie ließ ihn unsanft aufs Bett fallen, bevor sie mit einem einzigen, dominanten Schritt ihren Fuß auf seinen Oberkörper stellte. Ihre Bewegungen waren berechnend, ihr Blick kühl. Die beiden sagten kein Wort, während nur ein Geräusch den Raum durchdrang das Geräusch von etwas Unaufhaltsamem, von Verführung, die sich in der Luft verdichtete, das Klatschen von nacktem Fleisch, Schweiß, der in dicken Tropfen über die warme Haut glitt. Ihre Körper verschmolzen miteinander, ihre Bewegungen flossen ineinander, so fließend und tief wie der Rhythmus des Fleisches. Ein Tropfen rollte über ihren Brustkorb und kroch langsam nach unten, bis er an ihrem Bauchnabel stoppte.

Jay, der sich nicht zurückhielt, leckte die leichte salzige Flüssigkeit auf, bevor ihre Zungen sich in einem verzweifelten, leidenschaftlichen Kuss verbanden.

»Oh Baby, ich komme gleich ...«, stöhnte Jay, von der Hitze und der Intensität überwältigt.

Ein ohrenbetäubender Knall durchbrach die Szene. Der Moment der Intimität wurde abrupt zerstört. Katie und Jay fuhren erschrocken auseinander, warfen hastig ihre Sachen über, während sie sich in Richtung der Tür stürzten.

»Was war das?«, fragte Jay, der völlig unsicher war.

Schnell, beinahe panisch, liefen Katie und Jay den Flur entlang. Ihre Schritte hallten in der Stille des Gebäudes wider, als sie sich der Tür zum Gemeinschaftsraum näherten. Die Schreie von Cass drangen immer lauter in ihre Ohren, voller Angst und Hysterie.

»Schneller, Katie! Schneller!«, rief er.

Als sie den Gemeinschaftsraum betraten, war die Szene vor ihnen eine völlige Katastrophe. Ryan und Cass waren bereits dort. Cass schrie hysterisch, ihre Augen weit aufgerissen, als sie den Nerd erblickte, der reglos an der Wand saß. Eine riesige Blutlache hatte sich um ihn gebildet, und seine Arme waren bis auf die Knochen abgeschält. Die Pulsadern waren aufgeschnitten, und das Blut lief noch immer in dicken Strömen. Die Wand hinter ihm war rot gefärbt, seine Augen weit aufgerissen – so, als hätte er noch im Tod um Hilfe gefleht.

Cass, völlig außer sich, wiederholte immer wieder, als könnte sie so die Realität selbst verändern: »Das ist alles nicht echt. Die testen uns nur. Die testen uns nur.« Ihre Stimme klang fast wie ein Mantra, das sie zu beruhigen versuchte.

Ryan warf Cass einen spöttischen Blick zu. »Was bitte schön soll daran nicht echt sein? Der Typ ist scheiß-tot!«

Völlig ungerührt schaute er ganz genau hin. »Also, das erinnert mich irgendwie an das chinesische Buffet letzte Woche ...«, murmelte er mit einem schiefen Grinsen.

Er trat gegen den leblosen Körper des Nerds. Der Kopf des Mannes rutschte mit einem dumpfen Geräusch an der Wand entlang und hinterließ eine blutige Spur. Die Waffe, die der Nerd noch in der Hand gehalten hatte, fiel zu Boden. Jay hob sie auf, als wäre sie nichts anderes als ein interessantes Fundstück.

Katie hielt sich die Hände vor das Gesicht, ihre Finger leicht gespreizt, als ob das Grauen dadurch etwas erträglicher würde. Dennoch konnte sie den Blick nicht abwenden und musterte die Szene neugierig, das Ekel packte sie jedoch heftig. »Uaaah«, stieß sie hervor. »Das ist ja so ekelhaft.«

Nach einer kurzen Pause setzte sie hinzu, »Der Typ ist ja tot sogar noch ekelhafter als lebendig.«

Cass rang um Fassung und sah die anderen verzweifelt an. »Was machen wir denn jetzt?«

Ryan lachte leise und hob die Schultern. »Wie, was machen wir jetzt? Was sollen wir denn machen? Bin ich Jesus? Hab ich Löcher in den Händen?«

Jay trat ein wenig näher an die blutüberströmte Gestalt des Nerds heran und bemerkte dessen Brille, die trotz des Horrors unverletzt geblieben war. »Diese Nerd-Brillen sind voll im Trend«, sagte Jay, als er dem Nerd die Brille abnahm und sie sich triumphierend über die Nasenbrücke setzte.

Ohne ein weiteres Wort drehte er sich um und verließ den Raum.

»Hey, was willst du denn machen?«, rief Ryan ihm entgeistert hinterher.

Aber Jay reagierte nicht mehr.

Kapitel Zehn

Die Uhr zeigte exakt 00:06:34, als Jay mit entschlossenen Schritten in den Kontaktraum stampfte. Die Digitaluhr an der Wand blinkte kalt in der Dunkelheit, aber Jay ignorierte sie und stellte sich direkt vor die einseitig verspiegelte Scheibe.

»Herr Professor oder wer immer hinter dieser verdammten Scheibe sitzt. Wir haben ein Problem.«

Schweigen. Kein Flimmern, kein Geräusch, nichts.

Jay kniff die Augen zusammen, schnaubte genervt und sprach weiter. »Verstehe.« Er ging zur Tür, drückte einen Knopf, und die Uhr sprang augenblicklich zurück auf die drei Stunden. Mit verschränkten Armen setzte er sich vor den Spiegel.

»Ich bin Jay und ich bin heute der Leichenmüllmann ...«, sagte er, aber dann unterbrach er sich selbst, sah sein Spiegelbild durch die Brille des toten Nerds und verzog das Gesicht. »Mann, sieht das scheiße aus!« Er riss sich die Brille vom Kopf und warf sie achtlos in eine Ecke. Dann fuhr er gereizt fort, seine Stimme wurde lauter. »Hören Sie! Wir haben hier ein ernstes Problem. Jemand ist tot! Hier hat sich jemand umgebracht!«

Einen Moment lang war es wieder still. Dann knackte es leise, und eine verzerrte Stimme erklang aus dem Lautsprecher: »Diese Person hat euch bisher nicht interessiert, warum also jetzt? Ich habe gesagt: keiner verlässt das Gebäude. Das gilt auch für eine Leiche. Die Türen bleiben geschlossen, sonst ist das ganze Projekt in Gefahr.«

Einige Sekunden blieb Jay mit finsterem Blick stehen, bevor er sich umdrehte und den Raum verließ.

Im Gemeinschaftsraum hielt Katie Cass fest im Arm und versuchte vergeblich, sie zu beruhigen. Jay betrat den Raum und sprach mit tonloser Stimme: »Schlechte Nachrichten. Die Türen gehen erst am Ende des Projekts auf.«

Ryan, der sich gegen die Wand gelehnt hatte, stieß ein Schnauben aus. »Was? Das sind ja noch über zwei Tage.«

Jay zuckte mit den Schultern. »Bis dahin verwest er wenigstens nicht.«

»Was machen wir jetzt mit dem?« Ryan nickte in Richtung der toten Gestalt.

Cass drückte sich noch enger an Katie. »Tut irgendwas! Mir ist ganz egal, was. Der glotzt mich so an. Als ob ich schuld wäre ...«

Ryan sah Cass an, die sich sichtlich zusammenriss, und verdrehte die Augen. »Was kannst du denn dafür, wenn sich ein Knallkopf den Kopf wegknallt?«

Cass sann seinen Worten einen Moment lang nach, bevor sie stockend sagte: »Wer sagt denn eigentlich, dass er das selbst gemacht hat?«

Jay zog die Augenbrauen hoch. »Wer denn sonst? Das ist doch eindeutig.«

Katie blickte sich um. »Hier ist nirgendwo was, um ihn abzudecken. Aber ich habe eine Idee. Jungs, helft mir mal.« Geschickt zog sie ihren halterlosen Nylonstrumpf vom Bein und streifte ihn über das blutige Gesicht des Nerds.

Jay lachte trocken. »Davon hat er wahrscheinlich sein Leben lang geträumt. Tja, sein Pech. Jetzt ist er tot und hat nichts mehr davon.«

Ryan hob ironisch die Hand, als würde er der Leiche zuprosten. »Life sucks.«

Cass kauerte sich in eine Ecke und starrte das grotesk entstellte Gesicht des Nerds durch den Nylonstrumpf an. Katie kniete sich neben sie und sagte beschwichtigend: »Komm, Cass, beruhige dich. Es war doch nur der Nerd. Immerhin keiner von uns.«

Cass drehte sich langsam zu ihr um, ihre Stimme klang zittrig. »Vielleicht bin ich die nächste?«

Katie schüttelte energisch den Kopf. »Wie kommst du denn darauf? Die nächste was? Wir sollten uns jetzt alle mal wieder beruhigen. Keine Panik.«

Jay nickte zustimmend und hob die blutige Waffe, die er dem Nerd abgenommen hatte, spielerisch hoch. »Ja, das sehe ich auch so. Außerdem sind wir jetzt bewaffnet.«

Er hielt die Pistole auf das Gesicht des Toten und murmelte trocken: »Ich glaube, ich hätte mich auch erschossen, wenn ich er wäre.«

Cass sah ihn mit einem gequälten Ausdruck an und flüsterte zu sich selbst: »Es geht nur mich. Ich bin sicher, er will nur mich.«

Katie legte einen Arm um sie und führte sie zum Sofa. »Cass hat das ziemlich mitgenommen«, sagte sie leise und half ihr hinzulegen. Sie strich Cass über die Stirn und murmelte beruhigend: »Ich bleib bei dir, Süße. Jetzt schlaf dich erst mal aus. Hier kann uns nichts passieren.«

Cass schlief langsam ein, ihre Augenlider zuckten - es war ein unruhiger Schlaf.

Später am frühen Morgen schloss sich die Tür zum Kontaktraum leise hinter einer unbekannten Person. Die Uhr sprang lautlos auf die dreistündige Countdown-Anzeige zurück: 03:00:00. Im Überwachungsraum saß Professor Solberg konzentriert vor einem Monitor. Seine Augen verengten sich, er spähte auf das Bild, auf der Suche nach irgendeinem Anzeichen von Bewegung. Minuten verstrichen in völliger Stille, bis plötzlich und ohne Vorwarnung eine dunkle Maske direkt vor dem Spiegel auftauchte.

Die Maske, tiefschwarz und glänzend, bestand nur aus einer großen Öffnung in der Mitte – ein entstellter Mund, der in grotesker Weise zu grinsen schien. Der Rest des Gesichts blieb in der

Dunkelheit verborgen. Pink-Lips, die Latexmaske, schien fast zu atmen.

Im Kontaktraum beugte sich die maskierte Gestalt zum Spiegel und murmelte mit verstellter, bedrohlicher Stimme: »Ich bin ... extrem gefährlich. Und ich suche mir heute mein nächstes Opfer.«

Ein gedämpftes Lachen erklang, und die Maske fiel mit einem raschen Handgriff zu Boden.

»Hahaaaa! Das war doch nur ein Scherz!« Ryan stand vor dem Spiegel und grinste, die Maske locker in der Hand. »Guten Morgen. Ich bin Ryan und ich verbringe heute den zweiten Tag in diesem sogenannten Experiment. Bisher ist ja noch gar nichts passiert ... außer diesem bekloppten Nerd, der sich hier anscheinend lieber selbst verabschiedet hat. Wahrscheinlich bisschen zu viel Doom gespielt, der Gute. Heute versuche ich aber mal, eins von den Chicks klarzumachen ...« Er musterte die Maske und zog eine Grimasse. »Aber was soll ich eigentlich mit dieser Scheiß-Maske?« Er schmiss sie in die Ecke und schüttelte den Kopf.

Im Gemeinschaftsraum lümmelten Cass, Katie und Jay auf dem Sofa, als Ryan hereinkam und sich die Augen rieb. »Guten Morgen zusammen.« Er streckte sich und warf einen beiläufigen Blick in die Ecke des Raumes. Plötzlich zuckte er zurück und riss die Augen auf.

Katie blickte kühl in dieselbe Richtung. »Es mag dich überraschen, aber er ist immer noch da. Leider kein Albtraum.«

Cass' Stimme zitterte. »Er macht mir immer noch Angst. Ich habe noch nie eine Leiche gesehen.«

Ryan schnaufte und wandte sich an Jay. »Komm schon, Jay, pack mal mit an. Wir müssen den irgendwo in die Ecke legen.«

Jay verzog das Gesicht. »Willst du den wirklich anfassen? Danach sind deine Klamotten versaut.«

»Egal«, antwortete Ryan. »Den Anblick halte ich keine zwei Tage aus. Da schmeckt einem ja das Sandwich nicht.«

Zögernd packten die beiden den Körper des Nerds und zogen ihn in eine weniger auffällige Ecke des Raumes. Blutspuren schmierten sich an ihren Shirts, während Cass erleichtert aufatmete. »Danke. Jetzt fühle ich mich etwas besser.«

Im Überwachungsraum hatte Solberg das Geschehen schweigend mitverfolgt und nahm sein Diktiergerät zur Hand.

»Die Gruppe ist immer noch ahnungslos«, sprach er ruhig in das Mikrofon und drückte einige Knöpfe auf einem Bedienfeld. Auf seinem Monitor flackerte plötzlich das Licht im Korridor auf. Erst an, dann wieder aus, dann an – ein blitzendes, unheimliches Spiel aus Schatten und Licht. Für einen Moment zeichnete sich eine Gestalt entlang der Wand ab, schlich sich langsam vorwärts. Dann flackerte das Licht wieder, und die Gestalt verschwand in der Dunkelheit.

Kapitel Elf

Katie saß im Gemeinschaftsraum und lackierte sorgfältig ihre Zehennägel. Ryan, beidhändig an einem Sandwich knabbernd, lehnte sich entspannt zurück, während Jay gedankenverloren zur Decke starrte. Cass stand abseits, die Arme vor der Brust verschränkt, und beobachtete Jay mit nachdenklichem Blick.

»Sag mal, Jay«, begann sie schließlich, »kennen wir uns eigentlich irgendwoher?«

Jay sah sie überrascht an. »Nein, das kann nicht sein.«

Cass musterte ihn skeptisch. »Warum kann das nicht sein?«

Ein verschmitztes Lächeln erschien auf Jays Gesicht. »An so eine hübsche Frau würde ich mich doch erinnern.«

Cass reagierte nicht wirklich zufrieden und runzelte die Stirn, während sie weiter darüber nachdachte. In diesem Moment sprach Ryan, noch mit vollem Mund: »Leute, ich habe eine Idee. Warum suchen wir nicht den geheimen Raum, von dem der Professor gesprochen hat?«

Jay zuckte die Schultern. »Ich weiß nicht. Was soll das bringen?«

Katie, die den Lackpinsel in die Flasche steckte, schien die Idee dagegen anzusprechen. »Na, besser als hier abzuhängen. So vergeht die Zeit wenigstens schneller.«

»Genau«, stimmte Ryan begeistert zu, »und wer weiß, was wir sonst noch entdecken.«

Katie blickte sich im Raum um. »Vielleicht finden wir ja sogar heraus, was das hier früher mal für ein Gebäude war. Es hat schon etwas Gruseliges.«

Cass schüttelte leicht den Kopf. »Macht ihr das mal allein. Ich bleibe lieber hier. Falls ihr etwas findet, könnt ihr mich ja rufen.«

Ryan grinste. »Wir die Arbeit, du das Vergnügen. Das nenne ich mal eine faire Aufteilung.«

Jay stand auf und klopfte Ryan auf die Schulter. »Packen wir's an.«

»Viel Erfolg«, rief Cass ihnen hinterher, als sie die Tür zum Flur öffneten.

Im düsteren Flur tasteten sich Ryan, Katie und Jay die Wände entlang. Sie suchten nach Hinweisen, irgendetwas, das auf einen verborgenen Raum hinwies. Schließlich kamen sie an die schwere Haupttür und untersuchten sie gründlich.

Katie wirkte zunehmend besorgt und murmelte: »Ihr wisst schon, dass wir hier niemals rauskommen würden. Selbst wenn wir wollten?«

Ryan zuckte nur mit den Schultern. »Na und? Wollen wir ja nicht.«

Katie seufzte. »Es geht mir um die Option, Ryan. Darum, die Wahl zu haben.«

»Mir zu hoch«, murmelte Ryan. »Wir wollen doch gar nicht raus, also ist es doch egal, ob wir könnten.«

Katie schüttelte den Kopf und wandte sich an Jay. »Wie hat es so einer eigentlich auf die Uni geschafft?«

Jay grinste. »Keine Ahnung. Vielleicht war er gar kein Student, sondern nur Hausmeister.«

Die beiden schmunzelten über den Scherz, aber dann wurde Jays Gesicht ernster. »Im Ernst, ich könnte echt mal wieder Tageslicht gebrauchen. Das Licht hier drin macht mich ... aggressiv. Ich könnte glatt einen umbringen!«

Katie hob abwehrend die Hände. »Ne, lass mal. Ein Toter reicht.«

Während sie langsam zurückgingen, klopften sie dabei weiter die Wände ab.

»Irgendwo muss doch dieser blöde Raum sein«, grummelte Ryan genervt und schüttelte den Kopf. »Ich verstehe das nicht. Warum finden wir den nicht?«

Katie hob leicht die Augenbrauen. »Wahrscheinlich gibt es den gar nicht. Der Prof wollte uns nur beschäftigen, damit wir hier was zu tun haben.«

Jay legte nachdenklich den Kopf schief. »Hmm ... Macht das einen Sinn? Ich denke, wir suchen weiter.«

»Jay hat Recht«, pflichtete Ryan ihm bei. »Und ich hab eh gerade nichts Besseres zu tun.«

Katie seufzte und zuckte schließlich mit den Schultern.

Plötzlich knallte eine Tür in der Nähe, ein scharfer, hallender Knall, der den Korridor erbeben ließ. Alle drei zuckten zusammen, Jay sah sich betont lässig um und sagte trocken: »Es zieht hier drin.«

Sie fanden sich vor der Tür des verstorbenen Nerds wieder. Ryan griff nach der Klinke, doch Jay hielt ihn zurück. »Halt! Wir sollen nicht die Räume der anderen betreten.«

Ryan warf ihm einen skeptischen Blick zu. »Gilt das auch für Tote?«

Jay zögerte und zuckte schließlich mit den Schultern. Sie öffneten die Tür und betraten vorsichtig den Raum. In einer Ecke entdeckten sie die Kiste, gefüllt mit allerlei seltsamem Werkzeug. Ryans Augen weiteten sich. »Scheiße, was ist das denn alles für ein Zeug?«

Katie nahm eine Gipssäge heraus und betrachtete das scharfkantige Sägeblatt. Ein Schauer überlief sie. »Was wollte der nur damit? So ein Freak.«

Jay überlegte kurz und schnappte sich die Box. »Vielleicht können wir das noch gebrauchen.« Beim Hinausgehen warf er einen letzten Blick in den Raum und zog dann die Tür hinter sich zu.

Zurück im Gemeinschaftsraum stellte Jay die Kiste in die Nähe der Tür. »Cass, schau mal, was wir gefunden haben!« Er sah sich um und rief lauter: »Cass? Wo bist du?«

Katie runzelte die Stirn. »Seltsam. Sie ist weg.«

Ryan war alarmiert. »Komisch. Im Kontaktraum war sie nicht. Da hätten wir sie sehen müssen.«

Katie rief in den Raum hinein: »Cass? Caaaahaaasssss!«

Langsam durchsuchten sie den Raum. Jay schob die Kiste etwas weiter weg und steckte unauffällig einen Gegenstand aus der Kiste in seine Hosentasche. Dann eilte er den anderen nach, die weiterhin besorgt durch die Gänge liefen und Cass' Namen riefen.

»Cass, wo bist du?«

Doch der Flur blieb leer. Die drei suchten alles ab, ihre Augen wachsam, als sie sich umschauten, um Cass zu finden. Aber der Gang lag verlassen und still vor ihnen, beleuchtet nur durch das kalte Neonlicht, das die gespenstische Atmosphäre verstärkte. Schließlich erreichten sie die Tür zu Cass' Zimmer. Jay griff nach der schweren Sichtluke und versuchte, sie zu öffnen. Das Metall knarrte, als er sie aufstemmte – was nur unter größten Mühen gelang.

Katie beugte sich nervös nach vorne. »Was siehst du?«, flüsterte sie dicht hinter Jays Schulter.

Jay spähte angestrengt durch die Luke. Ryan und Katie, beide angespannt und sichtlich unruhig, warteten auf seine Antwort. Doch Cass‹ Zimmer war leer.

In diesem Moment durchbrach das leise Gurgeln einer Toilettenspülung die Stille. Sie drehten sich fast synchron zur gegenüberliegenden Tür, aus der Cass nun mit entspanntem Gesichtsausdruck hervortrat.

»Ob ihr's glaubt oder nicht«, sagte sie in einem trockenen Tonfall und zog ihre Hose hoch. »Auch kleine Mädchen müssen mal groß.«

Jay grinste verschämt, während Cass die Arme verschränkte. »Ich hätte euch dieses Detail gern erspart, aber ihr lasst mir ja nicht mal eine Sekunde in Ruhe.«

Jay räusperte sich und blickte sie ernst an. »Wir haben uns doch nur Sorgen um dich gemacht.«

Cass zuckte leicht mit den Schultern. »Ja, das weiß ich ... Mir geht's gut. So gut, wie es einem in dieser Situation eben gehen kann.«

Jay trat einen Schritt auf sie zu und legte seinen Arm schützend um ihre Schultern. »Dann komm doch jetzt mit uns.«

Katie sah ihm aufmerksam zu, ein misstrauischer Ausdruck in ihren Augen, der Jay nicht entging. Doch er ließ sich nichts anmerken und führte Cass sanft in Richtung Gemeinschaftsraum zurück.

Auf dem Monitor im Überwachungsraum sah Professor Solberg ihnen nach, während sie den Korridor entlanggingen. Schweigend notierte er etwas auf seinem Zettel, seine Miene unleserlich, während sein Blick von einem Bildschirm zum nächsten sprang.

Die Uhr im Vorraum des Kontaktraums tickte unbarmherzig herunter: 00:08:19 ... 00:08:18 ... 00:08:17 ...

Zurück im Gemeinschaftsraum. Ryan balancierte gefährlich auf den Hinterbeinen seines Stuhls, während er das nächste Sandwich verschlang, die anderen saßen einfach nur herum. Es herrschte eine angespannte Stimmung.

»Kannst du das mal lassen, Ryan?«, stieß sie Cass hervor. »Das macht mich ganz nervös.«

Ryan grinste und kaute weiter. »Was meinst du, was mich alles nervös macht.«

Katie schielte zu ihm hinüber. »Sagt mal, warum seid ihr eigentlich hier?«, fragte sie unvermittelt und lehnte sich interessiert nach vorne.

Jay blickte überrascht auf. »Was soll das denn jetzt? Ein Verhör?«

Katie schüttelte den Kopf. »Nein, interessiert mich einfach. Und schließlich kennen wir uns ja jetzt lang genug.«

Ryan ließ sich auf seinem Stuhl zurückfallen, die Arme entspannt hinter dem Kopf verschränkt. Er grinste selbstgefällig. »Ich hatte einen florierenden Dope-Handel am College. Lief richtig gut.«

Katie hob interessiert eine Augenbraue. »Und dann?«

Ryan lehnte sich vor, als ob er etwas Geheimnisvolles verraten wollte. »Ich hab das Zeug einem japanischen Austauschstudenten verkauft.«

Cass runzelte die Stirn. »Und was ist an einem Japaner so schlimm?«

Ryan lachte leise und schüttelte den Kopf. »Am Japaner selbst nichts. Aber ich hatte keine Ahnung, dass er bei einem meiner Profs wohnt.«

Jay grinste belustigt und fragte: »Hat er dich verpetzt?«

Ryan schüttelte den Kopf und verzog das Gesicht. »Schlimmer. Er hat das Zeug nicht vertragen. Und beim Abendessen - schön mit Prof nebst Gattin - den ganzen Tisch vollgekotzt.«

Katie verzog angeekelt das Gesicht. »Igitt, das ist ja widerlich.«

Ryan nickte. »Mag sein. Aber noch widerlicher war, dass er mich dann verpfiffen hat, nur um seine eigene Haut zu retten. Erst Pearl Harbor, dann Ryan Watson.« Er legte eine bedeutungsschwangere Pause ein und grinste dann ironisch. »Tja, diese Japaner.«

Die anderen lachten, und selbst Cass musste unwillkürlich schmunzeln.

Katie drehte sich nun zu Cass. »Und du, Cass? Was hast du ausgefressen?«

Cass rutschte unbehaglich auf ihrem Platz hin und her und wich Katies Blick aus. »Ich weiß nicht … Ihr würdet mir eh nicht glauben.«

Ryan hob aufmunternd die Hände. »Ach, komm schon. Das befreit.«

Cass schluckte schwer. »Also … ich …« Sie stockte, als würde etwas Dunkles und Vergrabenes in ihr an die Oberfläche drängen. »Nein, ich kann noch nicht darüber sprechen.«

Jay schreckte plötzlich auf. Er hob den Arm, um auf sein Handgelenk zu schauen, und stutzte – keine Uhr.

»Wer ist eigentlich als Nächstes dran?«, fragte er mit einem Anflug von Panik.

Cass sah ihn mit geweiteten Augen an. »Dran … womit?«

Jay antwortete genervt von ihrer Besorgnis. »Mit dem Kontaktraum. Wer muss als Nächstes rein?«

Ryan ließ sich in seinem Stuhl zurückfallen und verschränkte die Arme. »Du, Jay!«

Jay sprang auf, als hätte ihn etwas gestochen. »Mist, das habe ich ja völlig vergessen! Wie viel Zeit haben wir noch?«

Ein Blick des Entsetzens huschte über sein Gesicht. Ohne zu zögern rannte er los, die anderen ihm dicht auf den Fersen.

Die Uhr tickte unaufhaltsam weiter: 00:02:03 … 00:02:02 … 00:02:01 …

Kapitel Zwöf

Die Gruppe eilte den Flur entlang, das Ziel fest im Blick: den Kontaktraum. Doch bevor sie ihn erreichten, blieb Cass plötzlich abrupt stehen. Ihre Augen fixierten die leicht geöffnete Tür zu ihrem Zimmer.

»Da ist jemand drin«, sagte sie mit einem beunruhigten Unterton und machte einen Schritt zurück.

Ryan und Jay folgten ihrem Blick, und ohne ein weiteres Wort machten sie sich daran, der Sache nachzugehen. Cass atmete tief ein und trat einen Schritt näher an die Tür, als wolle sie sich selbst versichern, dass ihre Augen sie nicht täuschten. »Ich hatte die Tür doch geschlossen«, flüsterte sie, als sie sich die Hand auf die Stirn legte.

Ryan trat selbstbewusst vor und stieß die Tür von außen mit einem kräftigen Tritt ganz auf. Die beiden sprangen gleichzeitig in den Raum, blitzschnell, als ob sie vor einer Gefahr fliehen müssten. Doch der Raum war leer. Kein Mensch, keine Spur von jemandem. Die Tür hatte sich von allein geöffnet – oder es schien zumindest so.

Sie schauten sich misstrauisch um, doch der Raum war, abgesehen von einigen verstreuten Sachen, völlig unberührt.

Jay trat zurück und verschränkte die Arme. »Du hast sie bestimmt nicht richtig zugemacht«, sagte er ruhig, aber mit einem skeptischen Blick.

Cass' Augen funkelten. Sie schüttelte den Kopf und schritt langsam zum Raum, der jetzt ruhig und still vor ihr lag. »Ich bin mir aber verdammt sicher«, erwiderte sie scharf.

Jay sah sie einen Moment lang an und seufzte dann. »Es ist doch sonst keiner hier. Wir kümmern uns später drum. Jetzt erstmal weiter.«

Sie rannten. Der Flur schien sich endlos zu ziehen, wie ein unheimlicher Gang in einem Albtraum. Als sie schließlich den Kontaktraum erreichten, zog die tickende Uhr an der Wand ihre Blicke wie ein hypnotischer Bann an: 00:00:03, 00:00:02. Die letzte Sekunde verging in quälender Zeitlupe; die Angst und Panik wuchsen ins Unerträgliche. Mit großen Augen starrten sie auf die letzte Sekunde, die genau jetzt heruntertickte.

Dann, mit einem markanten KLACK, stoppte die Zeit.

Die plötzliche Stille war ohrenbetäubend.

Alle hielten unwillkürlich den Atem an, das Herz schlug ihnen bis zum Hals – doch anstelle einer Katastrophe begann plötzlich ein Popsong durch die Lautsprecher zu schmettern. *Like Ice in the*

Sunshine dröhnte so laut, dass es fast die Wände zittern ließ.

Ein kollektives Aufatmen. Das war also alles. Erleichtert brachen sie in nervöses Gelächter aus.

»Verarscht«, rief Ryan empört und fasste sich an die Stirn. »Der Hurensohn hat uns einfach nur verarscht. Gar nichts passiert hier. Alles total harmlos.«

Doch Cass war sich nicht so sicher. Sie stand etwas abseits und blickte mit gerunzelter Stirn auf die tickende Uhr. »Ich wäre mir da nicht so sicher«, murmelte sie, mehr zu sich selbst als zu den anderen.

Dann wurde die Musik durch eine aufgenommene Bandansage unterbrochen.

»Wenn Sie diese Meldung hören, haben Sie sich nicht an die einfachste Regel des Projekts gehalten! Damit wird automatisch Projektstufe 2 ausgelöst! Es tut mir leid. Aber Sie haben es nicht anders gewollt. Ich wiederhole: Projektstufe 2 ist ab sofort in Kraft!«

Die Botschaft hing wie eine düstere Drohung in der Luft.

»Verdammt«, stieß Ryan wütend hervor.

Katie blickte nervös zu Cass. »Was soll denn Projektstufe 2 bedeuten?«

Cass schüttelte fassungslos den Kopf. »Das ist mir echt total egal, welche Projektstufe wir haben. Ich habe auf diesen ganzen Scheiß keinen Bock mehr. Ich bin doch nicht bescheuert! Ich gehe jetzt. Ende der Durchsage.«

Ohne eine Antwort abzuwarten, drehte sie sich auf dem Absatz um und ging den Flur entlang. Die anderen blieben ratlos zurück und sahen sich an, als wüssten sie nicht, wie sie mit der Situation umgehen sollten.

Cass erreichte den Kontaktraum und stellte sich entschlossen vor den Spiegel. Ihre Stimme war fest, als sie forderte: »Ich möchte das Projekt verlassen. Lassen Sie mich raus. Sofort.«

Die Stille blieb ungebrochen. Niemand antwortete.

Cass' Gesicht verdunkelte sich, und ihre Stimme wurde lauter. »Ich zeige Sie an wegen Entführung!«

Doch der Spiegel gab nur ihre wütende Reflexion zurück. Keine Antwort.

Nun trat sie gegen den Stuhl, ihre Augen funkelten vor Zorn, ihre Lippen verzogen sich zu einem Ausdruck purer Aggression. Wieder und wieder hämmerte sie mit ihren Fäusten an den Spiegel.

»Lassen Sie mich raus!«, schrie sie, aber ihre Stimme brach und ihre Verzweiflung wurde spürbar.

Tränen sammelten sich in ihren Augen, während sie leise und flehend weitersprach. »Bitte lassen Sie mich raus. Bitte.«

Die Tränen liefen ihr über das Gesicht, als sie langsam zusammensank, das Gesicht von Wut und Schmerz verzerrt.

Im Überwachungsraum saß der Solberg, der das Geschehen aufmerksam verfolgte. Ein zufriedenes

Grinsen spielte um seine Lippen, als er das Drama vor sich auf dem Monitor beobachtete. Langsam griff er nach seinem Diktiergerät und hielt seine Beobachtungen fest.

»Tag 2. Die Teilnehmer reagieren auf meine Maßnahmen. Es wird schon sehr bald etwas passieren, und wir haben neue Erkenntnisse.«

Er nahm sich Zeit, seine Hände mit Puder zu bestäuben und zog dann mit bedächtiger Langsamkeit ein Paar Gummihandschuhe über. Ein vorfreudiges Lächeln huschte über sein Gesicht, als er sich darauf vorbereitete, das nächste Kapitel seines Experiments zu schreiben.

Cass schritt wortlos an den anderen vorbei, ihre Haltung angespannt, ihre Miene verschlossen. Sie winkte ab, als Katie sie ansprach, der Ausdruck in ihren Augen war unmissverständlich.

»Und?«, fragte Katie schließlich, als Cass schweigend weiterging.

Ryan verschränkte die Arme vor der Brust und sah Cass hinterher. »Gehst du jetzt?«

Katie zog eine Augenbraue hoch. »Ich wette, der Professor lässt sie nicht gehen.«

Cass blieb stehen und wirbelte herum, ihre Stimme scharf und voller Zorn. »Lasst mich doch alle in Ruhe! Ich komm hier schon raus. Allein. Ihr könnt ja hierbleiben …«

Jay machte einen Schritt auf sie zu. »Cass, warte. Ich helfe dir, hier rauszukommen.«

»Ich brauche deine Hilfe nicht!«, entgegnete sie ohne Zögern, ihre Stimme eisig. Dann wandte sie sich ab, verschwand in ihrem Zimmer und ließ die Tür krachend ins Schloss fallen. Sekunden später hörte man den Schlüssel, wie er im Schloss gedreht wurde.

Die Gruppe blieb etwas verwirrt zurück.

Katie verschränkte die Arme. »Komischer Auftritt. Ich finde, das passte jetzt gar nicht zu ihr.«

Jay seufzte und schüttelte den Kopf. »Na, das kann ja noch heiter werden.«

Ryan lehnte sich gegen die Wand, die Hände in den Hosentaschen. »In einem hat sie aber recht. Dieser Ort ist schon irgendwie unheimlich. Wenn ich mal so genau drüber nachdenke ...«

Jay warf ihm einen schiefen Blick zu. »Wir haben ja schon festgestellt, dass Denken nicht gerade deine ganz große Stärke ist.«

Ryan zeigte ihm den Mittelfinger, grinste dabei aber, als wolle er die Provokation entschärfen.

Kurze Zeit später saß Cass immer noch allein in ihrem Zimmer auf dem Bett, ihr Kopf gesenkt, die Schultern zitternd vor unterdrückten Schluchzern. Tränen liefen ihr über die Wangen, während ihre Hände unruhig nach dem Wasserglas auf dem Nachttisch griffen. Doch noch bevor sie es an die Lippen führen konnte, hörte sie ein Geräusch.

Ein Kratzen an der Tür.

Cass erstarrte. Ihr Blick flog zur Tür, wo der Griff sich langsam zu bewegen begann.

Sie sprang auf und trat zur Seite, so nah an die Wand, dass sie nicht gesehen werden konnte. Ihre Atmung wurde flach, ihre Hände krampften sich um das Glas, das sie immer noch hielt.

Die Sichtluke in der Tür öffnete sich mit einem metallischen Knarren. Jays Auge erschien dahinter, suchend.

Der Türgriff wurde heruntergedrückt, doch die Tür blieb verschlossen.

»Cass, komm schon, mach auf«, hörte sie Jays Stimme, gedämpft durch die Tür.

»Verschwinde. Lass mich in Ruhe«, fauchte sie zurück.

»Bitte. Ich will doch nur mit dir reden. Allein«, flehte er, seine Stimme weich, fast schon verletzlich.

»Ich will nicht.«

Jay hielt inne, seufzte und ließ den Griff los. »Ich bin im Gemeinschaftsraum, falls du es dir anders überlegst.«

Cass blieb regungslos, bis sie seine Schritte entfernten hörte. Dann ließ sie das Glas sinken, stellte es zitternd auf den Nachttisch zurück und sank auf ihr Bett.

Im Gemeinschaftsraum saß Katie entspannt in einem der Sessel, während Jay hinter ihr stand und mit finsterer Miene in Gedanken versunken war.

»Sie will nicht mit mir sprechen«, sagte er schließlich. »Ich verstehe das nicht.«

Katie sah zu ihm auf und zuckte mit den Schultern. »Dann lass sie doch in Ruhe. Sie wird sich schon von allein wieder beruhigen.«

Jay nickte widerwillig, doch seine Unruhe blieb spürbar.

Katie musterte ihn aufmerksam, dann lehnte sie sich zurück, ihr Blick herausfordernd. »Ich finde es komisch, wie du dich für Cass interessierst. Warum in die Ferne schweifen, wenn das Gute liegt so nah.«

Jay ignorierte ihren unterschwelligen Ton, richtete sich auf und wechselte das Thema. »Wo steckt Ryan überhaupt?«

Katie zuckte erneut die Schultern. »Ach, der war ziemlich müde. Hatte wohl ein Bier zu viel.«

Mit einer geschmeidigen Bewegung streckte sie ein Bein aus, während sie den Kopf leicht zur Seite neigte, sodass ihr Haar über die Schulter fiel. »Ich bin übrigens auch ganz müde und verspannt. Wie wär's mit einer Massage?«

Jay hob eine Augenbraue, ließ aber keine Regung erkennen. »Mmmh. Haben wir gerade keine anderen Probleme?«

Katie ließ nicht locker und zog seine Hand zu ihren Schultern. »Komm schon. Ich weiß, wie gut du das kannst.«

Mit einem leisen Seufzen gab Jay nach und begann, ihr den Nacken zu massieren. Doch sein Blick wanderte immer wieder zur Tür, und seine Gedanken schienen weit entfernt zu sein.

Ryan schlenderte den Flur entlang, nur mit einem Handtuch um die Hüften. Seine Lippen formten eine Melodie, die er fröhlich vor sich hin pfiff. Kurz hielt er inne, drehte sich um, als hätte er etwas gehört, doch da war nichts. Mit einem Schulterzucken pfiff er noch lauter weiter und verschwand in Richtung Duschen.

Im Gemeinschaftsraum hatte Katie es sich bequem gemacht. Ihre Beine lagen locker auf Jays Schoß, während sie ihn mit einem zufriedenen Lächeln ansah.

»Danke«, sagte sie gedehnt, ihre Stimme einladend. »Das war die beste Massage seit langem. Vor allem meine Füße danken dir. Ich liebe das.«

Jay zuckte die Schultern, spielte gedankenverloren mit ihren Zehen. »Ich kann mir schönere Körperteile vorstellen.«

Katie lachte leise, doch ihre Augen fixierten ihn abwartend.

Jay unterbrach die Stille. »Mach dir bitte keine Hoffnungen. Egal, was zwischen uns war, das war nur Sex. Aufgewärmte Liebe schmeckt nicht.«

Katie ließ sich von seiner Abfuhr nicht beeindrucken und wechselte einfach das Thema. »Ob sich Cass inzwischen beruhigt hat?«

Jay zuckte mit den Schultern. »Keine Ahnung. Ich schau gleich mal nach ihr.«

Katie streckte sich genüsslich. »Mach das. Ich bleib hier und überlege, mit welcher Art von Massage ich mich bei dir revanchieren kann.«

Jay grinste schief, schüttelte den Kopf und verließ den Raum.

Ryan ließ das warme Wasser über seinen Körper prasseln. Der Dampf im Raum war so dicht, dass man kaum die Wände erkennen konnte. Mit einem zufriedenen Seufzen drehte er das Wasser ab und trat aus der Dusche. Sein Spiegelbild war verschwommen hinter einer Schicht aus Beschlag, also wischte er sich eine Sichtfläche frei und betrachtete sich eingehend.

»Hallo, Ryan«, murmelte er grinsend und spannte den Bizeps an.

Er bemerkte nicht, dass sich hinter ihm die Tür einen winzigen Spalt öffnete.

»Ich bin ein guter Typ«, sprach er mit einem selbstbewussten Zwinkern zu seinem Spiegelbild. »Wäre doch gelacht, wenn ich nicht noch eins von den Girls klarmache.«

Während er sich weiter abtrocknete, schloss sich die Tür lautlos wieder.

Zurück auf dem Flur machte Ryan sich auf den Weg zu seinem Zimmer. Gerade als er die Klinke berührte, wurde die Tür von innen langsam zugezogen. Doch Ryan bemerkte nichts, summte vor sich hin und betrat den Raum.

Dort blieb er kurz stehen, lauschte und streckte den Kopf in den Flur hinaus. Alles war still.

»Mädels«, rief er spielerisch. »Wenn ihr was von mir wollt, müsst ihr es nur sagen.«

Er schloss die Tür hinter sich und überlegte kurz. Dann drehte er den Schlüssel im Schloss um und ließ ihn stecken. Sicher war sicher.

Ryan ließ sich aufs Bett fallen, doch ein leises Knacken hinter ihm ließ ihn aufhorchen. Langsam richtete er sich auf, seine nackten Füße berührten den kalten Boden.

»Man, Ryan«, murmelte er zu sich selbst, während er zum Schrank schlich. »Reiß dich mal am Riemen. Du bist doch keine Pussy, oder?«

Er stand einen Moment vor dem Schrank, als würde er sich Mut zusprechen, dann riss er die Türen mit einem Ruck auf. Nichts.

»Hier ist wirklich niemand. Oder?«, sagte er laut. »Halloooo. Ist da jemand?«

Er wartete eine Sekunde, bevor er sich wieder aufs Bett fallen ließ und laut auflachte. »Habe ich es doch gewusst. Keiner da.«

Doch das Lachen erstarb, als er aufsprang und ein plötzlicher Schmerz ihn zur Bewegung zwang.

Blitzschnell durchtrennten zwei scharfe Schnitte seine Achillessehnen. Das Skalpell hatte ihn ohne Vorwarnung erwischt, und Ryan sackte mit einem entsetzlichen Schrei auf alle viere.

Blut tropfte auf den Boden, als er sich mühsam zur Tür schleppte. Seine Finger griffen hektisch nach dem Schlüssel im Schloss, doch er fiel ihm aus der Hand und rutschte unter die Kommode.

»Hilfe!«, rief er schwach, seine Stimme vor Panik überschlagend. »Bitte, jemand!«

Hinter ihm näherten sich langsame, schwere Schritte. Der Klang ließ ihm das Blut in den Adern gefrieren.

Ryan wagte es nicht, sich umzudrehen. Doch dann hörte er das unheilvolle Scharren einer Klinge. Schwer atmend wirbelte er auf dem Boden herum – und starrte direkt in das kalte, stumme Gesicht der Maske.

Das Skalpell blitzte im schwachen Licht auf. Ryans letzter Schrei hallte durch die Gänge.

Kapitel Dreizehn

Ryan schleppte sich mit letzter Kraft in den Kontaktraum. Seine Knie schleiften über den Boden, seine Arme zitterten, als er sich an der Kante des Spiegels hochzog. Für einen Augenblick hing sein Kopf schwer, doch dann hob er ihn langsam.

Im Spiegel zeigte sich sein entstelltes Gesicht. Seine Augenhöhlen waren leer, blutige Furchen zogen sich darüber hinweg.

»Ich bin Ryan«, krächzte er, kaum hörbar, »und ich bin ein Feigling.«

Das Bild im Spiegel schien ihn zu verspotten.

»Statt zu kämpfen, bin ich lieber abgehauen. Ich hätte damals hinschauen müssen ...«

Seine Stimme brach, und Tränen liefen über sein zerstörtes Gesicht. Plötzlich tauchte im Spiegel neben ihm ein zweites Gesicht auf – die Maske. Direkt hinter ihm.

Ryan konnte es nicht sehen, doch seine Sinne spürten die Präsenz. Er schnupperte unwillkürlich, zog die Luft ein. Der Geruch des Gummis füllte seine Lunge.

»Wer bist du?«, flüsterte er.

Keine Antwort. Nur das langsame, gleichmäßige Atmen hinter der Maske.

»Was willst du?«

Ein leichtes Streifen an seiner Schläfe ließ ihn zusammenzucken. Die Klinge des Skalpells fuhr fast zärtlich von oben nach unten an seinem Kopf entlang.

Dann ein plötzlicher Schmerz, als die Klinge sich tiefer in seinen Hals schnitt. Ryan schrie gurgelnd auf, doch sein Leben entwich ihm schnell. Sein Blut tropfte auf den kalten Boden, während die Maske ungerührt zusah.

Katie stand vor dem Waschbecken im Badezimmer und seifte sich die Hände ein, als ein hartes Hämmern an der Tür sie zusammenzucken ließ.

»Mach auf!«, rief Jays Stimme, aufgebracht und heiser.

»Sekunde«, antwortete sie gereizt und trocknete sich die Hände ab, bevor sie die Tür öffnete.

Jay stürmte herein, außer Atem und mit panischen Augen.

»Ich habe Ryan gefunden ... im Kontaktraum«, stieß er hervor.

Katie runzelte die Stirn, ihre Stimme zitterte. »Was? Was ist passiert?«

Jay fuhr sich mit der Hand durchs Haar. »Da war Blut ... überall. Er ist tot, Katie.«

Ihre Augen weiteten sich vor Entsetzen. »Das kann nicht sein. Warum? Wer?«

Jay wich ihrem Blick aus. »Seine Augen. Sie ... sie wurden ihm ausgestochen.«

Katie hielt sich die Hand vor den Mund, rang nach Worten. »Oh Gott. Weiß es Cass schon?«

Jay schüttelte den Kopf. »Ich dachte, das machen wir am besten gemeinsam. So schonend wie möglich.«

Katie musterte ihn misstrauisch. »Wolltest du nicht vorhin zu Cass?«

Jay erwiderte ihren Blick mit schmalen Augen. »Und wolltest du nicht im Gemeinschaftsraum warten? Da warst du nämlich nicht. Ich habe dich hier gefunden.«

Katie wirkte empört. »Ich musste auf die Toilette! Was spielt das jetzt für eine Rolle?«

Sie holte tief Luft und richtete sich auf. »Ich will Ryan vorher sehen, bevor wir es Cass sagen.«

Jay nickte widerwillig. »Komm mit.« Er legte seinen Arm um ihre Schulter, und Katie zuckte zurück, als sie Blutspuren darauf bemerkte.

Vor der Tür des Kontaktraums hielt Jay inne.

»Überleg es dir gut«, warnte er, bevor Katie einen Blick hineinwarf.

Katie beugte sich vor, und ihr Gesicht erstarrte. Sie würgte und stolperte zurück.

»Oh mein Gott«, flüsterte sie und hielt sich den Bauch. »Wer tut so etwas?«

Jay sah sie ernst an. »Ich weiß es nicht. Lass uns zu Cass gehen.«

Katie warf einen letzten Blick auf Ryans entstelltes Gesicht, dann drehte sie sich ab und folgte Jay.

Vor Cass' verschlossener Tür klopften Jay und Katie energisch an.

»Cass«, rief Jay eindringlich, »bitte mach auf!«

Nach einem Moment öffnete Cass die Tür einen Spalt. Ihre Augen waren müde, aber wachsam. Jay und Katie drängten sich an ihr vorbei in den Raum.

»Ryan wurde umgebracht«, begann Katie zögernd.

Cass zeigte keine Regung. »Wie?«

Katie schluckte hart. »Er wurde regelrecht geschlachtet. Und seine Augen …«

Jay hob die Hand. »Psst. Sie muss nicht jedes Detail kennen.«

Doch Cass ließ nicht locker. »Was war mit seinen Augen?«

Katie sah sie an, ihre Stimme ein Flüstern. »Sie wurden ihm ausgestochen.«

Cass schloss kurz die Augen und sprach mehr zu sich selbst: »Ich habe es gewusst. Dieses Projekt ist gefährlich für uns alle. Einer nach dem anderen. Aber … warum die Augen?«

Ihr Blick wanderte zu Jays Arm, und ihre Augen verengten sich. »Das ist Ryans Blut, oder?«

Jay nickte, sichtlich unwohl. »Ich … ich weiß es nicht. Oh Gott.«

Cass warf einen Blick auf die verschlossene Tür. »Warum haben wir seine Schreie nicht gehört?«

Jay antwortete leise. »Vielleicht ging das alles zu schnell.«

Er trat näher an sie heran. »Bitte, Cass. Komm mit. Wir gehen in den Gemeinschaftsraum. Die Einzelräume sind nicht mehr sicher.«

Im Überwachungsraum saß Professor Solberg vor einer Wand aus Monitoren. Seine Augen funkelten vor kühler Genugtuung, als er das Bild der Gruppe beobachtete, die sich verängstigt in den Gemeinschaftsraum zurückzog.

Er zog sich langsam blutbespritzte Gummihandschuhe aus und warf sie in einen Behälter.

»Tschüss, Ryan«, murmelte er, während er eine Notiz in ein ledergebundenes Buch kritzelte. »Warst eigentlich ein netter Junge.«

Er lehnte sich zurück, ein gefährliches Lächeln spielte um seine Lippen.

»Da waren es nur noch drei.«

Sein Blick wanderte zu den Monitoren, und das Licht spiegelte die unergründlichen Tiefen in seinen Augen wider.

Kapitel Vierzehn

Katie, Jay und Cass bewegten sich rastlos durch den Gemeinschaftsraum, ihre Schritte klangen unruhig auf dem abgenutzten Boden. Die Luft war schwer von Anspannung, und ihre Blicke hafteten misstrauisch aneinander. Keiner traute dem anderen.

Cass stemmte die Hände in die Hüften und schüttelte fassungslos den Kopf. »So eine kranke Psycho-Kacke. Ich habe von Anfang an gesagt, dass ich nicht mitmachen will! Und jetzt? Genau so endet es – genau so!«

Katie verschränkte die Arme vor der Brust. »Es muss einer von uns sein.« Ihre Worte hallten nach, als hätte sie damit eine unsichtbare Grenze gezogen.

Cass schnaubte. »Du hast recht. In diesem Raum ist ein Mörder. Und da ich es nicht bin, bleibt nur einer von euch.«

»Lächerlich.« Katie trat einen Schritt näher. Ihre Augen funkelten vor Zorn. »Du verdächtigst mich?«

Cass zog die Augenbrauen hoch. »Das habe ich nicht gesagt.«

»Ich bin eine Frau, verdammt! Ryan war ein Mann – mindestens achtzig Kilo schwer. Wie soll ich das bitteschön geschafft haben?« Katies Blick glitt scharf zu Jay.

Jay hob abwehrend die Hände. »Leute, beruhigt euch. Jetzt mal ehrlich – glaubt ihr ernsthaft, das war einer von uns?«

Er ließ den Blick zwischen den beiden Frauen hin- und herwandern, bevor er mit fester Stimme weitersprach: »Überlegt doch mal, wer uns hierher gebracht hat. Wer uns das eingebrockt hat. Es bleibt nur einer: der Professor!«

Cass legte den Kopf schräg, als ob sie Jays Worte abwägen würde. »Wäre möglich. Katie?«

Katie presste die Lippen aufeinander und nickte schließlich langsam. »Vielleicht. Ja. Euch beiden vertraue ich jedenfalls mehr.«

Jay ballte die Fäuste. »Wir müssen ihm das Handwerk legen. Sofort.«

Er marschierte zur Kiste, die in einer Ecke stand, und begann, darin zu wühlen. Die beiden Frauen traten näher und beobachteten ihn schweigend.

»Er darf nicht merken, dass wir Verdacht geschöpft haben. Sonst bringt er uns auch um.« Jays Stimme war ein Flüstern, aber jedes Wort drang wie ein Messer in die Stille.

Katie starrte ihn an. »Er wird uns sowieso alle töten. Jedenfalls, wenn wir hier bleiben. Wir müssen raus.«

Cass hob die Hände, als wolle sie Katie beruhigen. »Aber warum? Was könnte sein Motiv sein? Warum sollte er uns umbringen?«

Katie zuckte die Schultern. »Spielt das jetzt wirklich eine Rolle? Er ist ein Professor! Und Professoren sind von Natur aus verrückt!«

Jay ließ die Kiste mit einem lauten Knall zuklappen. »Wir müssen zusammenhalten. Ab jetzt bleibt keiner mehr allein. Keiner!« Sein Blick war hart und entschlossen. »Wir sind zu dritt, er ist allein. Das ist unser Vorteil.«

Sein Ton ließ keinen Widerspruch zu. Katie und Cass nickten, wenn auch widerwillig.

Jay stand neben dem Kühlschrank und hielt eine Bierflasche in der Hand. Mit einer plötzlichen Bewegung zerschmetterte er sie an der Wand. Die Scherben regneten zu Boden, glitzerten wie tödliche Splitter im Licht.

Katie und Cass beobachteten ihn mit einer Mischung aus Faszination und Unbehagen.

»Das Experiment dauert noch einen Tag.« Jays Stimme war ruhig, aber sein Blick verriet, wie angespannt er war. »Ich weiß nicht, ob wir uns gegenseitig trauen können. Aber bis wir eine bessere Idee haben, bleiben wir genau hier.«

Er griff nach der nächsten Flasche. Mit einem Ruck schlug er sie gegen die Wand. PATSCH!

»Wir machen diesen Raum zum Hochsicherheitstrakt«, erklärte er. »Vorher holen wir alles, was wir als Waffen oder zur Verteidigung gebrauchen können. Einverstanden?«

Katie nickte. »Einverstanden.«

Cass stimmte zu. »Gut.«

Jay hob eine weitere Flasche, zerschlug sie, ohne mit der Wimper zu zucken. »Und dann verminen wir alles mit Glas. Niemand kommt hier rein, ohne dass wir es hören. So sind wir gewarnt.«

Die Scherben türmten sich unter seinen Füßen auf, ein stummer Beweis für seinen Plan. Er griff nach der nächsten Flasche.

PATSCH! Die Scherben sprangen auseinander wie kleine, tödliche Sterne.

Katie und Cass sahen schweigend zu, während Jay unaufhaltsam weitermachte. Jede zerbrochene Flasche war ein Symbol ihres Überlebenswillens – und ihrer Angst.

Jay ließ die letzte Bierflasche gegen die Wand krachen. Der Scherbenhaufen zu seinen Füßen glitzerte im schwachen Licht des Gemeinschafts-raums. Er atmete schwer, während er sich umsah. Katie und Cass standen dicht nebeneinander, beide still, beide angespannt.

»Meint ihr, er ist irgendwo da draußen?«, flüsterte Cass und sah zu den anderen. Ihre Stimme war kaum mehr als ein Hauchen.

Katie ging zur Tür, drückte sie vorsichtig einen Spaltbreit auf und spähte in den dunklen Flur. Lange hielt sie inne, die Augen zu schmalen Schlit-zen verengt. Schließlich wandte sie sich zurück.

»Die Luft ist rein«, sagte sie leise, die Stimme an-gespannt. »Im Moment scheint keiner hier zu sein.«

Jay nickte und wandte sich an die anderen. »Holt nur die wichtigsten Sachen aus euren Zimmern und dann schnell zurück.«

Cass zog die Stirn in Falten. »Und was machst du in der Zwischenzeit?«

»Ich verteile schon mal das Glas«, antwortete Jay, während er eine Handvoll Scherben in seiner Tasche klappern ließ.

Katie legte einen Finger an die Lippen. »Psst. Nicht so laut reden. Er könnte uns hören.«

Jay bewegte sich lautlos über den Flur und begann, die zerbrochenen Flaschen vor strategischen Türen zu verteilen: Ryans Tür, die des Nerds, die Eingangstür. Immer wieder sah er sich dabei um, als hätte er das Gefühl, beobachtet zu werden.

Katie stand halb verborgen an einer Flurecke. Ihr Blick kreuzte den von Cass, die gerade aus ihrem Zimmer trat und eine Tasche in der Hand hielt.

Ein seltsames Zischen durchbrach die Stille.

Beide erstarrten und sahen sich fragend an. Ohne Worte spiegelte sich in ihren Augen dieselbe Frage: Was war das?

»Alles okay bei euch?«, rief Jay aus einiger Entfernung.

Katie wollte antworten, doch in dem Moment rutschten ihre Beine ganz langsam unter ihr weg.

»Was ...?« Ihr Atem stockte. »Oh Gott.«

Panik ergriff sie. »Ich spüre meine Arme und Beine nicht mehr!«

Jay stürzte herbei und blieb wie versteinert stehen, als er Katies Zustand sah. Ihre Beine lagen leblos auf dem Boden, und unter ihr breitete sich eine dunkle, feuchte Lache aus.

»Katie! Was ist mit dir?«, rief er verzweifelt.

Mit schwacher Stimme flüsterte sie: »Jay, hilf mir. Bitte.«

Cass trat hinzu, und die beiden sahen, was passiert war: In Katies Nacken steckte ein zackiges Kreissägeblatt, genau bis zur Hälfte.

Cass schlug entsetzt die Hände vors Gesicht.

Jay kniete sich neben Katie, stützte ihren Kopf und versuchte, Ruhe zu bewahren. Doch seine Stimme zitterte. »Ganz ruhig, Katie. Es wird alles gut. Das ist nur ... ein Kratzer.«

»Bitte ... bringt mich hier weg«, flehte Katie mit Tränen in den Augen. »Ich will nach Hause!«

Cass übernahm vorsichtig Katies Kopf, während Jay in ihr Zimmer eilte.

Das Bett, das Jay aus Katies Zimmer schob, war alt und klapperte auf den Rädern. Es war eindeutig ein Krankenbett, mit abgenutzten Kanten und einer Matratze, die schon bessere Zeiten gesehen hatte.

Er schob es neben Katie und sprach beruhigend auf sie ein. »Ganz ruhig, Katie. Wir helfen dir.«

Sie wimmerte nur, ihre Augen voller Angst und Schmerz.

»Wir dürfen ihren Hals nicht bewegen«, sagte er an Cass gewandt.

Cass nickte. »Ich hab sie oben. Du nimmst ihre Beine.«

Behutsam legten sie Katie auf das Bett. Zwei Kissen stützten ihren Nacken, doch ihr Körper wirkte merkwürdig leblos. Nur ihre Augen bewegten sich noch, suchten verzweifelt Halt in der Realität.

Katie wurde in den Kontaktraum geschoben, immer noch reglos auf dem Bett liegend. Jay und Cass sahen sie an, ihre Gesichter gezeichnet von Sorge und Schuld.

»Hier bist du im Moment sicher«, sagte Jay, bevor er sich abwandte. »Wir suchen etwas, das dir hilft.«

Cass nickte. »Halt durch, Katie. Wir sind gleich wieder da.«

Die Tür schloss sich mit einem leisen Klicken.

Überkopf, den Spiegel direkt vor sich, sprach Katie mit letzter Kraft. Ihr Blick war fest, fast trotzig.

»Ich bin Katie«, flüsterte sie. »Und wer immer mir das angetan hat … er wird dafür in der Hölle schmoren.«

Ihr Spiegelbild zeigte eine junge Frau, die trotz ihrer Verletzungen nicht bereit war, aufzugeben. Es wurde still im Raum, aber ihre Worte hallten nach.

Kapitel Fünfzehn

Jay und Cass standen angespannt im Flur, ihre Stimmen gedämpft, aber hektisch. Cass fuhr sich mit einer zittrigen Hand durch die Haare.

»Wir müssen Katie helfen!« Ihre Stimme war brüchig, panisch.

Jay schüttelte den Kopf, ein Schatten aus Wut und Verzweiflung huschte über sein Gesicht. »Wir kommen hier nicht raus, Cass. Das weißt du genauso gut wie ich.«

»Aber wir können sie doch nicht einfach ...«

Jay hob abwehrend die Hand. »Es gibt nur eine Möglichkeit: Wir locken den Professor hierher und ... erledigen ihn.«

Cass starrte ihn an, als hätte er den Verstand verloren. »Du bist dir verdammt sicher, dass es wirklich Solberg ist, oder?«

»Natürlich ist er das! Wen sonst gibt es noch?«

Sie trat einen Schritt zurück, ihre Augen funkelten. »Und was ist mit dir, Jay?«

»Was soll das heißen?« Seine Stimme hatte einen gefährlichen Unterton.

»Wo warst du, als Ryan getötet wurde?« Cass' Blick wurde kalt und stechend. »Und das Sägeblatt ... es kam aus deiner Richtung.«

Die Spannung explodierte. Jay packte sie plötzlich am Hals, seine Finger gruben sich in ihre Haut.

»Hör auf mit diesem Scheiß!« Er zog sie näher zu sich, sein Atem heiß und unkontrolliert. »Ich war es nicht! Glaub mir!«

Cass schnappte nach Luft, strampelte panisch. »Jay ... ich ... bekomme ... keine Luft ...«

Endlich ließ er sie los. Cass taumelte, riss sich von ihm los und rannte den Flur entlang.

Im Kontaktraum lag Katie regungslos auf ihrem Bett. Nur ihre Augen huschten unruhig hin und her, als sie das leise Knirschen von Glasscherben hörte. Die Tür öffnete sich langsam, quietschend.

Über den Spiegel konnte sie den Eindringling nicht erkennen, nur die Bewegung eines dunklen Schattens.

»Jay? Cass?« Ihre Stimme war kaum mehr als ein Flüstern. »Bitte ... helft mir ...«

Doch dann öffnete sie die Augen weit, als sie erkannte, wer wirklich hereingekommen war.

»Nein ... warum ...«

Ein schwerer Druck auf ihrem Kopf, Hände, die sie ins Kissen drückten. Das zackige Sägeblatt grub sich mit einem schrecklichen Geräusch tiefer in ihren Nacken. Ein letzter, entsetzlicher Laut entkam ihrer Kehle – dann war es vorbei.

Cass stolperte zurück in den Gemeinschaftsraum, ihre Gedanken ein wilder Strudel aus Panik und Entsetzen. Sie trat in eine Scherbe, und ein stechender Schmerz schoss durch ihren Fuß.

»Scheiße!« Sie kniff die Augen zusammen, während Blut aus der Wunde sickerte, und versuchte, die Schmerzen zu ignorieren.

Ihr Blick fiel auf den Nerd, dessen regloser Körper noch immer im Raum lag. Doch plötzlich – ein Atemzug. Oder hatte sie sich das nur eingebildet?

»Das ist nicht echt«, flüsterte sie, ihre Stimme kaum mehr als ein Zittern.

Vorsichtig schlich sie näher, beugte sich über den Körper. Ihre Hand zitterte, als sie sich dem scheinbar leblosen Gesicht näherte.

Eine Berührung lag in der Luft, als plötzlich Hände auf ihre Schultern griffen.

Cass schrie auf, wirbelte herum und sah Jay, dessen Augen von einem wilden, unkontrollierten Glanz erfüllt waren.

»Wir müssen hier weg!«, drängte er. »Cass, bitte! Ich rette dich! Glaube mir doch!«

Sie zögerte keine Sekunde. Mit aller Kraft trat sie ihm zwischen die Beine, seine Augen weiteten sich vor Schmerz, und sie nutzte die Gelegenheit, um erneut zu fliehen.

Im Flur rannte Cass so schnell sie konnte, die klaffende Wunde an ihrem Fuß ignorierend.

»Katie!«, rief sie verzweifelt. »Katieee!«

Schließlich erreichte sie den Kontaktraum. Die Tür stand offen, und sie sah Katies reglosen Körper auf dem Bett. Ein Laken war über ihren Kopf gezogen.

»Oh nein ...«, flüsterte Cass, ihr Herz hämmerte.

Langsam trat sie näher, stolperte über etwas am Boden. Ihr Atem stockte, als sie das Laken zurückzog.

Katies Kopf war weg.

Blut tränkte das Kissen, das einst ihren Kopf gestützt hatte. Cass' Knie wurden weich.

Mit zitternder Hand sah sie zu Boden und erkannte endlich, worüber sie gestolpert war.

Katies Kopf lag dort, die Augen weit aufgerissen, der Mund in einem stummen Schrei erstarrt.

Ein durchdringender Laut, wie das klagende Heulen eines Wolfes, entrang sich Cass‹ Kehle und hallte durch das Gebäude.

Jay lag auf dem Boden des Gemeinschaftsraums, das Gesicht verzerrt vor Schmerzen. Sein Körper war in einem Zustand zwischen Bewusstsein und Ohnmacht gefangen, als der schrille Schrei durch das Gebäude hallte. Ein Schauer jagte ihm über den Rücken, als er sich mühsam aufrichtete. Der Schmerz, der ihn durchzog, war kaum zu ertragen, doch er ignorierte ihn. Verwirrte Blicke wanderten durch den Raum, während er sich zum Türrahmen schleppte. Seine Augen weit geöffnet, fast wahnsinnig, suchten nach einer Richtung, einem Ziel.

»Cass«, flüsterte er, als ob er sich selbst über die Worte stolperte. »Lauf nicht weg. Du musst nicht weglaufen.«

Seine Stimme klang hohl, besessen. Er wischte sich das Blut von der Stirn und drückte sich an die

Wand. »Jay beschützt dich. Jay hat dich schon immer beschützt.«

Er setzte einen Schritt, dann noch einen, taumelnd, als ob sein Körper ihm nicht mehr gehorchte. Die Hand immer noch an seinem Unterleib, der Schmerz war unerträglich. Doch er wollte sie finden. Und er würde sie finden.

»Kleine Cass«, murmelte er, als er den Flur entlang stolperte. »Hab keine Angst. Dir wird nichts passieren.«

Im Überwachungsraum war Professor Solberg völlig in seine Notizen vertieft. Der Zettel vor ihm war übersät mit Kritzeleien, die Namen seiner Versuchspersonen, bis auf zwei, durchgestrichen. Er hielt das Diktiergerät in der Hand und sprach mit der monotonen Stimme eines Mannes, der seine letzten Reste an Menschlichkeit schon längst verloren hatte.

»Tag 3. Stunde 12. Wir stehen kurz vorm Durchbruch. Die Lösung ist ganz nah. Das Projekt ist jetzt in der kritischen Phase.«

Seine Augen flimmerten vor Aufregung, doch hinter seiner Fassade brodelte etwas Dunkles, etwas, das er selbst nicht mehr kontrollieren konnte.

Im Kontaktraum trommelte Cass verzweifelt gegen die Spiegelscheibe. Ihr Herz pochte in ihrer Brust, und ihre Hände zitterten, als sie versuchte, ihren Verstand zu ordnen.

»Ich will hier nicht sterben. Lasst mich raus! Helft mir!«

Ihre Stimme hallte dumpf zurück. Panik setzte ein, doch dann, ganz plötzlich, blitzte eine Idee in ihrem Kopf auf. Sie wandte sich von der Scheibe ab, suchte verzweifelt nach einem Ausweg.

»Wer sitzt hinter dem Spiegel?«, murmelte sie zu sich selbst. »Da muss es doch einen Ausgang geben! Ich muss da durch!«

Ihre Augen flogen über den Raum, doch es gab nichts, was ihr helfen konnte. Verzweifelt griff sie nach einem alten Heizungsrohr, das sich in der Wand verbarg. Sie riss und zerrte, doch das Rohr hielt zunächst stand, widerstand ihrer Kraft, bis es endlich brach. Sie hatte viel Zeit verloren.

Jay schwankte weiter den Flur entlang. Er war fast da, fast am Ziel. Doch der Schmerz quälte ihn, ließ ihn wanken, als er Cass' Name noch einmal brüllte.

»Cass! Wo bist du?« Seine Stimme war rau und verzweifelt. »Ich helfe dir doch nur.«

Er war jetzt direkt vor dem Kontaktraum. Seine Schritte waren schwer, der Raum um ihn schien sich zu verflüssigen. Doch er hatte sie fast.

Im Kontaktraum war Cass in einem Rausch. Ihre Hände bluteten, die Schläge auf die Spiegelscheibe kamen mit einer Wut, die tief aus ihrer Seele hervorsprudelte. Sie schrie, als sie mit aller Kraft zuschlug.

»Geh kaputt, du verdammte Scheibe!«

Der Spiegel gab nicht nach. Doch mit jeder Sekunde wuchs ihre Verzweiflung, und dann, mit einem letzten verzweifelten Schlag, splitterte die Scheibe.

Splitter schnitten in ihre Arme, doch Cass spürte den Schmerz nicht. Sie ließ das Rohr fallen und starrte in den Hohlraum hinter der Scheibe.

Hinter der Wand war nur eine Kamera, die sie kalt anschaute.

Jay hatte die Tür zum Kontaktraum erreicht, und er hörte ihre Schreie, ihre Worte.

»Ich tue das nur, um dich zu beschützen.« Seine Stimme war jetzt nur noch ein heiseres Knurren. »Cass, ich will dir doch nur helfen.«

Er stand jetzt direkt vor ihr, die Tür war fast offen, und sie sah ihm mit großen, ängstlichen Augen entgegen.

»Cass«, sagte er, als er die Arme nach ihr ausstreckte. »Glaub mir, ich beschütze dich.«

Doch bevor er sie erreichen konnte, spürte er einen harten Schlag auf seinem Kopf.

Ein zweiter folgte, dann noch einer. Schmerz explodierte in seinem Schädel. Blut strömte aus seiner Stirn. Er taumelte, verlor das Gleichgewicht und fiel zu Boden.

Cass stand keuchend in der Ecke des Raumes, als Professor Solberg plötzlich auftauchte.

»Wir müssen abbrechen und sofort mit dem Projekt aufhören«, sagte er mit einer seltsam monotonen, doch dringlichen Stimme. »Es ist alles außer Kontrolle geraten.«

Cass' Herz raste, als sie auf den Professor sah. Sie konnte kaum fassen, dass er hier war. Ihre einzige Hoffnung.

»Bitte helfen Sie mir«, flehte sie, ihre Stimme verzweifelt.

Solberg trat näher und legte ihr fast zärtlich eine Hand auf die Schulter. »Das werde ich. Komm, lass uns gehen.«

Er führte sie aus dem Kontaktraum, ohne den blutigen Jay zu beachten. Ihre Schritte hallten durch die leeren Flure. Doch als sie an ihm vorbeigingen, bewegte sich ein Finger von Jays Hand – kaum wahrnehmbar.

Kapitel Sechzehn

Professor Solberg zog Cass mit sich, fest an seiner Seite, als sie zur Eingangstür des Gebäudes gingen. Die Tür öffnete sich langsam, und eine Atmosphäre der Angst schwebte in der Luft. Als sie durch den Türrahmen traten, blendete sie das Licht – doch es war kein Tageslicht. Dahinter lag kein sicherer Ausweg, keine Freiheit, sondern nur ein weiterer Raum. Ein weiteres Gefängnis.

Cass' Herz hämmerte in ihrer Brust. Sie hatte das Gefühl, dass ihre Welt, die ohnehin schon zerbrochen war, nun endgültig in sich zusammenfiel. Solberg hielt sie mit einer Hand viel zu fest, sein Griff schmerzhaft, fast bedrohlich. »Endlich«, sagte Professor Solberg, seine Stimme ein triumphierendes Flüstern. »Ich habe es geschafft. Die anderen sind alle tot.«

Das grelle, künstliche Licht über Cass' Kopf flimmerte schwach. Ihr Blick war trübe, die Welt um sie herum schien sich zu drehen, als sie auf dem harten Krankenhausbett lag. Ihre Augen versuchten, sich zu fokussieren, doch der Schmerz und die Verwirrung in ihrem Kopf machten es fast unmöglich. Sie spürte die kalte Berührung des Professors, als er sich über sie beugte, und seine Stimme drang in ihren benebelten Geist.

»Herr Professor«, flüsterte sie mit schwacher, verzweifelter Stimme, »warum haben Sie das getan? Warum haben Sie alle umgebracht?«

Die Antwort kam aus der Dunkelheit, gedämpft und fast liebevoll, als wollte er sie beruhigen. »Nein, nicht ich war das, liebe Cassandra. Das warst du ganz allein.«

Cass' Körper starrte, während die Worte in ihrem Kopf widerhallten. Verwirrung zog durch ihren Geist, und sie versuchte, sich von dem Gefühl zu befreien, das ihr die Luft abschnürte. Ihre Stirn brannte, als sie den Druck einer Hand spürte. Sie wollte sich wehren, doch ihre Kräfte schwanden.

Solberg streichelte sanft über ihre Stirn. Er trug einen Gummihandschuh und hatte Blut an seinen Fingern. »Diese Personen waren nicht real«, fuhr seine Stimme fort, nun noch ruhiger, als ob er es ihr erklären wollte. »Sie entsprangen deiner Phantasie. Du hast eine multiple Persönlichkeitsstörung.«

Cass' Herz schlug schneller, eine Mischung aus Wut und Verzweiflung stieg in ihr auf. »Nein. SIE sind ja vollkommen verrückt«, stieß sie hervor, obwohl ihr Körper sich immer schwerer anfühlte.

Der Professor ließ seine Hand nicht von ihr. Stattdessen setzte er eine Nadel an ihrem Arm an und drückte sanft. Die Spitze bohrte sich in ihre Haut, und er tupfte das Blut ab, als wäre es etwas völlig Banales.

»Aber es ist schön«, sagte er dann mit einem fast versöhnlichen Ton, »dass jetzt alle weg sind und wir ungestört miteinander reden können ...«

Cass konnte kaum noch ihre Augen offen halten. Das Gewicht der Worte, die der Professor sprach, schien sie immer mehr zu lähmen. Ihre Sicht verschwamm. Die Augenlider wurden schwerer und schwerer.

Er fuhr fort, und seine Worte zogen sich wie ein dunkler Schleier über ihren Geist. »Was ist am 7. Juni auf dem Uni-Gelände wirklich passiert? Warum hast du deine Mitschüler so brutal umgebracht ...?«

Cass' Augen fielen langsam zu, die Dunkelheit zog sie fort. Solberg beobachtete sie ruhig, als ihre Atmung langsamer wurde.

»Aber jetzt ruh dich erstmal aus«, murmelte er fast sanft. »Ich komme später wieder.«

Professor Solberg betrat den Besprechungsraum, sein blutverschmierter Arztkittel hing schwer an ihm, als er die Tür hinter sich schloss. Der Raum, der sich ihm präsentierte, war eindeutig als psychiatrische Einrichtung erkennbar. Verschiedene medizinische Utensilien lagen verstreut, die Atmosphäre war kühl und klinisch. An dem Tisch saßen die zwei Männer, hochrangige Kriminalbeamte, mit denen er das Projekt ins Leben gerufen hatte und musterten ihn. Ihre Blicke waren steif, aber auch von einer gewissen Erleichterung erfüllt. Sie hatten nicht damit gerechnet, dass Professor Solberg es tatsächlich schaffen würde. Und sie hatten verdammt viel riskiert.

»Das Experiment ist geglückt«, sagte Solberg mit einer unheimlichen Begeisterung in der Stimme. »Ich bin jetzt zu der wahren CASSANDRA durchgedrungen.«

Die beiden Männer tauschten einen Blick aus, der mehr sagte als Worte. Ihr Staunen war spürbar, doch gleichzeitig ließ sich eine gewisse Erleichterung in ihren Zügen ablesen.

»Ich gratuliere Ihnen, Professor«, sagte der erste Mann und nickte anerkennend.

»Das war wirklich gute Arbeit, soweit ich das beurteilen kann«, fügte der zweite hinzu und warf dabei einen Blick auf die Wand, auf der Fotos von Cassandra hingen – von links, von rechts, von oben, jedes Bild zeigte ihren aufgeschnittenen Schädel. Ein kalter Schauer schlich sich in die Atmosphäre.

Professor Solberg ignorierte die Anzeichen von Unbehagen und strahlte stattdessen. »Ich kann jetzt zu ihr sprechen. Ganz allein. Alle anderen Persönlichkeiten sind weg.«

Er machte eine Pause, während er sich mit glänzenden Augen den Bildern zuwandte. »Es ist nur noch eine Frage der Zeit«, fuhr er fort, »bis wir wissen, was passiert ist. Dann haben Sie alle Hintergründe, und ich kann sie endlich therapieren«.

Sein Gesicht war nun von einem triumphalen Lächeln durchzogen, als er sich wieder den beiden Männern zuwandte. »Sie wird keine Gefahr mehr für die Menschheit darstellen. Nie wieder!«, erklärte er mit fester Stimme, als ob er sich selbst und die anderen von einer Last befreien wollte. »Ich habe alle ihre mörderischen Persönlichkeiten eliminiert.«

Das sterile, kalte Zimmer war wie ein Käfig. Cass lag festgeschnallt auf dem Krankenbett, ihre Arme und Beine mit Lederriemen fixiert, ihre Augen leer und apathisch. Die Elektroden, die an ihrem Kopf klebten, führten zu einem Potentiostat – einem Gerät, das ihre Gedanken überwachte und analysierte wie ein kaltes, klinisches Werkzeug. Der Tropf am Arm ließ das Gefühl der Ohnmacht noch stärker werden. Sie war gefangen in einem Körper, der nicht mehr gehorchte.

Halb bewusstlos, halb träumend, sah sie die Spritzen und Tabletten auf dem Nachtisch. Sie war nur noch ein Schatten ihrer selbst.

Plötzlich klopfte es an der Tür.

Ein leises Geräusch, aber es reichte aus, um ihre zerbrochene Wahrnehmung aus dem Dämmerzustand zu reißen. Ihre Augen flackerten, die Lider zuckten, aber sie reagierte nur schwach.

»Ja. Bitte. Komm doch rein« flüsterte Cass, ihre Stimme brüchig und gedämpft. Sie wusste nicht, was sie noch erwartete, was sie noch fühlte.

Die Tür öffnete sich langsam, und durch den Spalt erschien er. Jay. Blutverschmiert, das Hemd zerfetzt, die Wunde an seinem Kopf kaum verheilt. »Hi, Cass«, sagte er, und seine Stimme war wie ein raues, kaltes Lachen, das ihr durch Mark und Knochen ging.

Ein Moment der Stille. Cass versuchte, sich von dem schmerzhaften Rauschen in ihrem Kopf zu befreien. »Du siehst ja gar nicht gut aus«, fügte er mit einem Lächeln hinzu, das kein Lächeln war. Es war das Zerren einer grinsenden Fratze, die in der Dunkelheit einer zerbrochenen Seele lebte.

»Wollen wir nochmal von vorne beginnen?«.